U0547805

人在撒哈拉

一位人类学学者的另类旅游实践手书

蔡适任 著

GUANGXI NORMAL UNIVERSITY PRESS
广西师范大学出版社
·桂林·

人在撒哈拉
REN ZAI SAHALA

著作权合同登记号桂图登字：20-2023-097 号

图书在版编目（CIP）数据

人在撒哈拉 ：一位人类学学者的另类旅游实践手书 / 蔡适任著. -- 桂林 ：广西师范大学出版社，2023.11
ISBN 978-7-5598-6336-2

Ⅰ. ①人… Ⅱ. ①蔡… Ⅲ. ①散文集－中国－当代－Ⅳ. ①I267

中国国家版本馆 CIP 数据核字（2023）第 163799 号

广西师范大学出版社出版发行
（广西桂林市五里店路 9 号　邮政编码：541004
网址：http://www.bbtpress.com）
出版人：黄轩庄
全国新华书店经销
广西广大印务有限责任公司印刷
（桂林市临桂区秧塘工业园西城大道北侧广西师范大学出版社集团有限公司创意产业园内　邮政编码：541199）
开本：880 mm × 1 240 mm　1/32
印张：10.5　　字数：230 千
2023 年 11 月第 1 版　　2023 年 11 月第 1 次印刷
印数：0001~5000 册　　定价：59. 00 元

献给撒哈拉，

让我得以慢慢拼凑起

自己的名字。

好评推荐

人类学的第一堂课，都在说人与动物的不同，在于人能直立，腾出的手用来做事(创造文化)。在法国拿到人类学博士学位的蔡适任，则用自己的双手，证明不踏入学术圈的人类，既可以留在台湾教舞，也可以扎根北非沙漠孕植绿地。

我见识过适任手上行云流水的好笔，沙漠人文她写得生动说得自然。但在这本书中，她讲的不是他人的生命，说的是自己——她这么多年在沙漠，做了什么，又是如何去做，什么时候她运用了知识，什么时刻她是万般尝试。她不是要告诉读者成功的故事，是要诉说沙漠的现实，大地的能量，与她所面对的生灵。

我无法代替适任诠释她的书写，更不愿只将她的实践简化成应用人类学。我只能说，这是适任独一无二的生命经验，而她腾出的手，支撑着自己的理念，以及与沙漠的因缘，书写，则是为了让我们看见，远在世界边陲的这一切。

——阿泼 /《转角国际》专栏作者

一九七八年，二十一岁的新西兰女生玛格丽特在约旦佩特拉遇见贝都因男子穆罕默德，相处两个月之后，嫁给穆罕默德。

如今，玛格丽特开设的小纪念品店就位于佩特拉古迹中的罗马剧场正对面，《嫁给贝都因男人》一书正正摆在店前，此段浪漫的爱情故事也成了约旦旅游界佳话。

认识适任是在撒哈拉，她刚结婚那会儿。

即便是同乡结婚或同族通婚，就算成为“家后”或“牵手”，同样也是吵吵闹闹才知是夫妻。异族通婚，更是两种完全不同生活方式的结合。

“一为沙漠居民，一为都市居民”“一为游牧心态，一为定居心态”“一为男性为首，一为男女平权”“一为大地教育，一为学院教育”，的确需从中找出相处之道。

撒哈拉美景瑰丽绝伦，生活在撒哈拉却非外人所想那般浪漫，尤其面临沙漠化和温室效应等环境危机，撒哈拉子民的生存更是加倍艰难。

适任的新书“一脚踏进撒哈拉，竟有了归乡感，只觉自己与这片大地有所联结”，不仅仅以生活层面为出发点，更凿了井，种了树，树枯再种，为保护沙漠子民生存的环境，护树和养树，与饭店杠上。同时语重心长期许自己这“不安分的灵魂，化作雨滴降落，让井水盈满，孕育生命，是应许之地”。

难得有第一手深入叙述撒哈拉种种生活的作品，让我们更了解沙漠与土地之爱。我非常推荐此书。

——黄建忠 / 世界遗产协会顾问

什么样的力量引领一位亚热带岛屿土生土长的女子前往北非沙漠，还将它视为另一个故乡，为它努力着？我禁不住想，如果不是对土地有无限的爱，那或许就是前世业力的牵引了？

读着适任的文字，时而如同跟随着人类学学者的脚步探访遥远国度的真实生活样貌，时而感受字里行间无不是人生哲学与生命中不曾间断的选择题，也不时引领我们在篇章之间响应自己内心对生命曾有的疑虑与渴求。

在这全球社会、气候变化都极为快速的时代，无论身处何处：雨林、沙漠……只要需要我们的地方，都可以是家，而唯有与大自然重新联结，才能在我们所选的“家”生根，也才能找到自己在地球上有意义的位置。我认为适任已经在这样一条道路上。

——江慧仪 / “大地旅人”朴门永续设计创办人

二〇一九年暑假，我担任伦敦艺术大学互动设计系主任，带领硕士班学生前往撒哈拉沙漠进行为期一周的户外教学。对这门课程的学生来说，互动设计是一个极新的专业领域，他们着迷于未来科技能力，胜过人与自然的关系。沙漠研习计划是一次专业教学上的创举，而在我们短暂的居留中，蔡适任博士与夫婿贝桑带我们进入沙漠世界，探访那里的人、事、物。学生们回到伦敦后，分享着沙漠行中重新认识自己的过程，深刻思索我们所处的环境风险及我们与自然的关联。

沙漠是一则说不完的故事，我非常推荐这本书给还无法造访沙漠的人阅读。

——Prof. Nicolas Marechal(尼古拉斯·马雷夏尔教授)／

伦敦艺术大学(University of the Arts' London)互动设计系前主任

书写沙漠，需要内心强大的人。内心越是强大的人，不会冷漠无感，而是越来越温柔。蔡适任的新书娓娓道来，不徐不疾，她的沙漠没有风花雪月的爱情，有的是对人文、生活、社会、环境更深刻的情感，像是学习着我们身体的一部分，正如法国哲学家让·鲍德里亚(Jean Baudrillard)所言："沙漠是身体内在寂静的自然延伸。"某些看似"柔弱"的书籍，其实是铁打的硬汉，这本就是。

——周伸芳／(台湾)实践大学文化创意学院助理教授

推荐序

一位风土创业者的沙漠行动

文 / 洪震宇

原本以为这是一本在沙漠追寻自我、记录文化探索与生活感受的人类学田野笔记，没想到竟是一“本风土创业者”的沙漠实践，尝试在异地创造文化、商业与社会三赢的经营模式。

对于在台湾实践十多年“风土经济”的我来说，看到书上提到对我的《风土经济学》《风土餐桌小旅行》的认同与异地实践，非常意外与感动。书上遇到的种种难题、挫折与找寻突破方法的过程，如果地点不是撒哈拉沙漠，还以为是台湾某个偏乡角落的故事。

对照之下，这不也是我多年的实践历程。我们都穿梭于当地人、外地人、文化、社会与商业经营的角度，尝试挖掘地方风土特色，转换成可与外界沟通、改变现状的经营模式。

点点滴滴的心情，都是不易诉说的孤独寂寞。

记得多年前开始在偏乡推动整合地方资源、串联不同人的故事，找出风土文化特色，推出深度探索地方的“小旅行”，常遇到许多旅人、外地人，甚至当地人的关心与质疑。大家都问，一团只有十来位旅客，能带来多少产值？这么小众，如何吸引大众？

我不是预测专家，只能回答透过深度交流，先创造感动的价值，而非产值。就像经营一个品牌，如果一开始想的是赚钱、产值、规模与连锁，那大概不会有人愿意到台湾各地做这些事情了，应该去挑一个观光客云集、更好操作的地方。

这种“假设、推估”产值、参与人次的思维逻辑，多半都是坐在办公室搜集资料、用想象写政策计划的人做的事，从上而下地放烟火。然而模仿、抄袭、削价竞争，已经证明是毒药与烟火，转瞬即逝，而且带来许多后遗症。就像疫情下，台湾老街、夜市陷入无人问津的窘境，各地彩绘、天梯只吸引走马观花的人，打卡完却一去不返。即使是挤满人潮的小岛，也会带来垃圾、噪声与破坏的问题。

即使行路难，仍有逆势创业的契机。只有抱持改变现状的强烈动机，愿意探索现状，找寻突破难关的方法，做出各种创业实验精神的人，才可能在沙漠中长出一棵树，即使枯萎了，甚至没有蔓延成一片森林的希望，仍会继续前行。

就像适任的“天堂岛屿”民宿、建立独特定位的深度导览行程，都是从沙漠中种下一棵树的浪漫想象开始的。

身为一位女性，在撒哈拉沙漠创业，遭遇的困难挑战，是身在岛屿台湾的我们很难想象的。一是广袤无垠的沙漠，有什么可以让人探索流连的特色？二是阿拉伯民族对女性的贬抑忽视，使这位异国女性的处境更艰难。三是当地富贵权势与穷困弱势的落差，弱者往往难以抗衡。四是商业营运的挑战，欧洲人来此都是进行奢华的观光，在地业者只能取悦满足，却容易失去自我特色，更无法赚到该有的利润与尊严。

种种挑战，适任要如何沟通、克服？故事令人动容精彩之处，就来自她的折冲协调与坚持强悍。该妥协之处，她只能隐忍，找寻转进之道；该坚持的地方，她不惜与家族决裂，与财团对抗，只为了人道价值、土地永续。

其中最值得读者学习之处，在于她运用人类学精神与方法，以"他者"角度来探寻沙漠文化的奥秘，以及转换成创新内容，引领旅客深度认识沙漠之美。

比方她认为"景点"并不是非得澎湃壮阔、可歌可泣的史迹，若能做好扎实的田野调查，带着理解与真诚诉说，让旅人感受当地人如何在天地间活着的美丽故事，"风景"在旅者眼前就能鲜活起来。

为此她与丈夫贝桑四处探寻，找出自己经营民宿与导览的独特定位。例如沙漠除了石头什么都没有，适任就让"石头"成为吸引观光客的"号召"。她将化石产地加入导览之中，解释眼前散落荒野的化石如何生成、在地质学上的意义，让客人更深刻地感知荒漠风土的古老神奇。

此外，她努力让在地生活与生硬历史产生温度。这也是我们经常遇到的问题，当地人习于固定的生活模式，或是不知道整个地方的大历史，无法跳脱出来转换角度，以外地人理解的方式来沟通。适任努力找资料、阅读、采访各处耆老，像拼图一样慢慢拼凑在地文史，再放入导览里，并与前后景点呼应，串成一个有历史脉络的在地故事。

她在书上写着："像山一样思考，像沙漠一样思考，才能发现围绕在四周的奥秘，也才真的能以另种方式，像个'真正的人'一样地思考。"

在成为真正的人之前，得先化为风土的一部分。不论是身处沙漠、岛屿、高山，还是溪流，只有学习以人类学的视野，先让自己化为风、变为土，以地方角度来思考与感受，才能找寻改变的力量，实践我们的理想。

最后都能像适任一样，先做有故事的人，才能让家乡成为有故事的地方。

目录

缘起

若说撒哈拉是三毛“前世的乡愁”，它则是我渴望在今生实践梦想的“应许之地”。

我天生有个不安分的灵魂，极度渴望自由，人生大半辈子，无尽漂泊，脚不着地，如同一朵飘浮天空的云。直到一脚踏进撒哈拉，竟有了归乡感，只觉自己与这片大地有所联结，即便云儿四处来去，仍在地球天空里，那片寂静无声的广袤无垠让我真实感受到盖亚的爱与温柔，而我愿化作雨滴降落，让井水满盈，孕育生命，滋润棕榈树，我的弟兄们。

二〇一〇年，教舞的挫折让我决心暂离台湾，加入浩然基金会国际志愿者计划，前往摩洛哥人权组织工作，因而接触“另类全球化”(altermondialisation)运动，也因而走入撒哈拉，见着沙漠的美好如何被气候变迁与观光业荼毒，很是忧心。

我同时是个热情的理想分子，拥有过度旺盛的批判神经，却也务实地问自己能否为我深深眷恋的土地做些什么。

法国诗人Paul Éluard(艾吕雅，1895—1952)曾说：“另一个世界是可能的，但就在这个世界当中。”这句话成了另类全球化的口号。

我告诉自己，光是忧心或批评无法改变既定事实，那么就回撒哈拉，在撒哈拉、在不尽如人意的现实里，试着走出一条不同的道路，一条有着“另种可能”的道路。

舞蹈是一场祈祷，时时刻刻于日常生活这圣殿里进行着——这是我放下舞蹈，走入沙漠前，舞蹈教会我的事。带着这份知晓，回到沙漠，我让自身生命随着诡谲多变的世间有为法即兴而舞，感受着心中那一个如如不动。

沙漠的富饶绝美不在于物种数量的丰沛，而是那份坚忍不拔且无处不在的生命力。即便干旱苦绝，生命依旧在，只是静待水来。涓涓雨滴让棕榈树得到滋润，得以庇荫万物，让万物热闹一整座沙漠的静谧。而生命得以在沙漠延续的奥秘，正在于系统的循环生生不息。

我试着成为沙漠生命循环系统里的一棵树，推过多场计划，实践梦想的同时，也不得不自我调整甚至妥协以适应现实环境。

甫回沙漠，好友M提醒我：“这辈子，不再需要成为孤单的烈士，愤怒的知识分子，热血的理想家。只要真实地抱着温柔的心，创造分享感谢生命本质中的美好。也许你的计划会变动，然神圣计划会自然流动。”

灵魂深处对撒哈拉的祈求始终如一：“请将我变成一片沙漠，请让我的爱如同沙丘里的沙粒一样多，请让我如同天空里的云彩一般瑰丽自由。”

这条在撒哈拉的独特道路得以铺陈，仰赖诸等善因缘的汇聚。

来自浩然基金会的机缘，让当时遭逢困顿挫败的我，无意间走入摩洛哥，得以被撒哈拉丰沛的自然力疗愈，有了“重新做人”的力量，进而开启“另类全球化”的思索与实践。

在摩洛哥人权组织服务期间，幸得上司慕禾的信任，给我最需要的自由，放手让我独自前往撒哈拉探索，引导我将气候变迁与另类全球化放入核心议题，为我后来在撒哈拉的梦想计划奠定独特的根基。

数年后，在集资平台识与不识者的赞助下，撒哈拉梦想计划得以起步，当一切都还只是蓝图时，人世间便有识与不识者给予最重要的信任与支持，让我深深感念在心。带着这份支持与信任启程，尔后无论遇到什么样的挑战、挫折与诱惑，让我都能不忘初衷。

挚友Eva与Edith不时听我唠叨沙漠生活之苦，让我因被理解而得到安慰与继续走下去的气力。Lindy 与Peter更是这场计划背后最坚定的战友，不以成败论断一场行动的价值，永远只给予最真诚的理解与最单纯的支持。

满是冲突的混浊尘世里，幸有M适时提点，让我在对抗着什么、实践着什么的时候，还能不忘于自身内在做工，守住那份初衷与真诚的心。

感谢我的家人，向来允许我以我如是的样子活着。

感谢我的“业力伙伴”贝桑，或许我们不是彼此最适合的人，一份原初自发的情感却让我们共同走过整个冒险、探索与实践历程，或冲突，或纠葛，当一人转身离开，另一个人随即跟了上来，而离去那人终究折返。

这本书分享的与其说是“成功经验”，其实更是理想与现实的拉扯与无尽的冲突，是如何面对失败、响应失败，因为爱而能不放弃希望地寻找解方的过程，在无边无际无痕的沙丘上，步步踩出属于自己的灵魂归乡路。

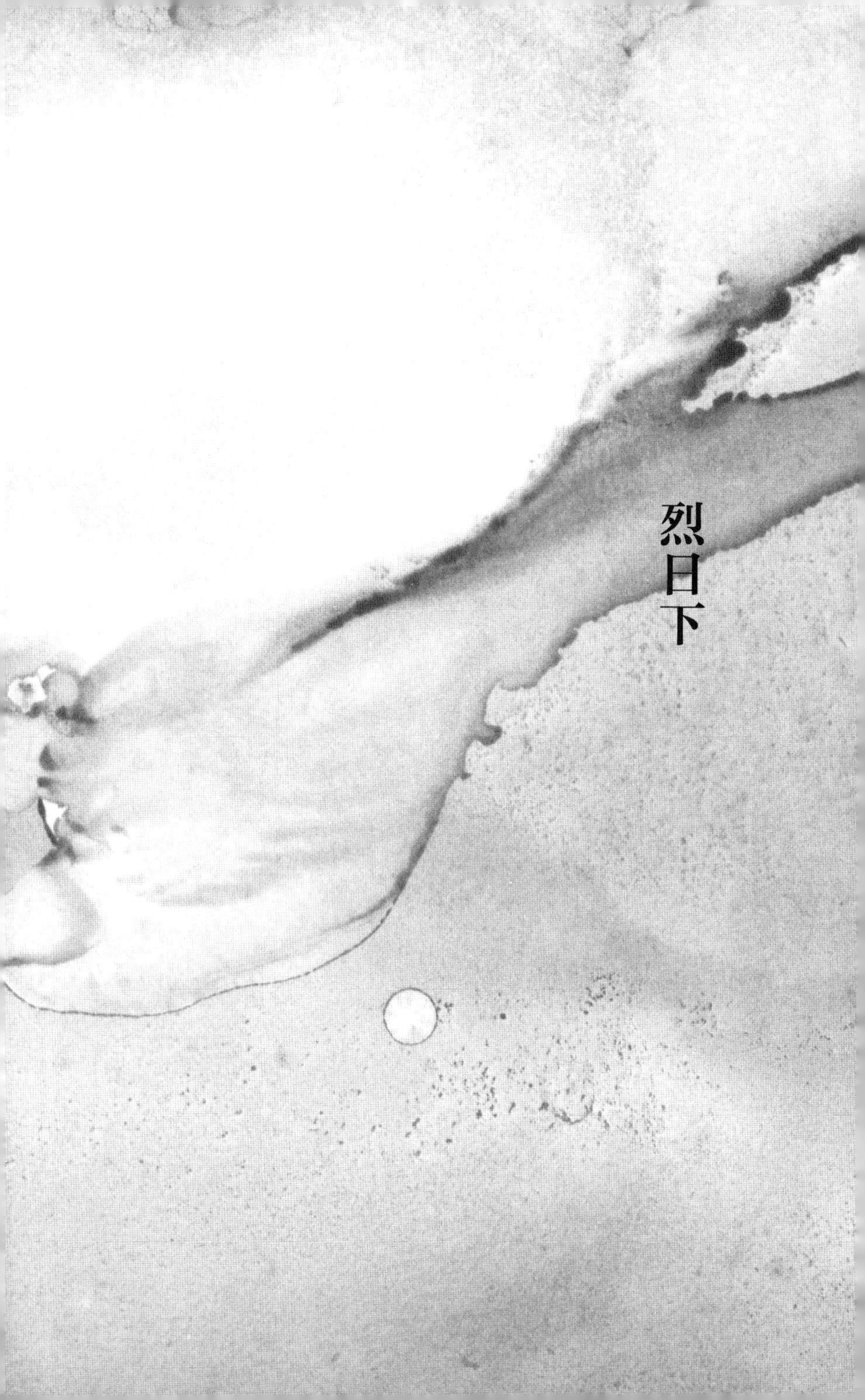

烈日下

游牧民族格言有云："沙漠无法被言说，只能去活过。"

一个骄傲的人，肯定将因沙漠而折损，我想。

沙漠的瑰丽富饶与无情残暴并具，所有游牧民族的一生，莫不时时刻刻蒙受沙漠的严酷考验，关于"生"。

沙漠冬季温差极大，夜里总得盖上数条毯子保暖，白天说不上冷，然风一吹，却也让人忍不住颤抖地拉紧披肩衣裳，这时若能走入阳光中，身子随即暖和起来。每年自初夏始，日一升，白灿灿的阳光遍洒大地，热气直逼人往帐篷、树荫、屋舍与洞穴躲，却依然可在所有缝隙角落里发现光与热气的存在，总得等到日落后，暑气渐散，人们这才纷纷走出帐篷，围坐沙地聊天，享受夜风带来的些许凉意。

不知不觉中，来自岛屿的我，竟也爱上沙漠与阳光，即便太阳不时晒得人发疼，即便每年总有人于酷夏丧命，只要阳光不在，心便忧伤。是阳光让大地有了色彩，黑夜只因光不在。

我好爱阳光在沙丘上幻化出各种色调，清晨时的淡粉，正午时的金黄，黄昏时的艳红，同样的沙丘，不同时段与天候，颜色与姿态不曾重复。若刚下过雨，雨滴在沙丘上刻下皱纹般的痕迹，金黄艳红色调瞬间化为深棕，让沙丘霎时苍老浑厚。

总有些天，太阳晒得人发昏，无论头巾衣物如何包裹遮蔽，仍无力阻止阳光如针般地刺痛全身，空气干燥酷热得让人即使饮尽水壶里最后一滴水，仍无法稍稍滋润正闹着旱灾的口舌身躯，骆驼羊只疲惫地趴在眼睛无法直视的阳光里，热气自天空蒙头洒下，石头晒得烫人，坚硬的地面缓缓吐出所有来自烈日的能量，热气蒸腾的沙漠一片死寂，不见任何生命迹象，但若倾耳聆听，仿佛在太阳烧灼大地与土地龟裂的细微声音里，夹带动物躲在暗处的喘息。

阳光射出的一道道光束刺入每个毛孔，穿透身躯，连带吸干身上所有水分，让人像颗挂在树上的劣质椰枣，枯得起皱，皱得外皮都掉了一层，果肉干扁扁地与果核分离，焦薄无味，就连平日见椰枣就欢喜的骆驼都不屑张嘴。

原本鲜嫩的绿草早焦黑了，骆驼羊只又饿又累又渴地动弹不得，体质娇弱些的，往往一趴下便再也起不来。这时还活在沙漠深处的游牧民族总得牵着驴子，忍受烈日烧灼，前往远方的井汲水，除了盥洗饮用，更是为让骆驼羊只有水喝，降低牲口损失。

好几次，烈日灼身，让人以为自己将被晒成一具干尸，轻轻一碰，便散成一地黑色碎石。

有一回，再无法忍受沙漠热气与烈日的我，单纯当作尝试一个好玩的游戏，试着在高温干燥拥抱全身时，任由热气进入自己，成为整体存在的一部分，闭上眼睛，让热流缓缓进入心坎里，流向胳臂、手肘、手腕与手掌，挥挥双手，想象这是太阳的光芒。再度深呼吸，让热流走入腰、腹与臀，摆摆身子，想象这是太阳的中心。接着缓缓吐气，让热流往大腿、膝盖、小腿、脚踝与脚掌延展，双脚踏踩踢，想象这是太阳的灿烂。

刚开始只觉得吸气吐气间，满口热气与沙尘，让人几乎无法呼吸。不一会儿，我慢慢抓到要领，隐微而真实地感受到热气如丝一般地进入皮肤里，细细缓缓流贯全身，让身子干枯得和劣质椰枣一样，却同时让人化作太阳与万物的一部分。

不知不觉中，我流了一身汗，热风一吹，身子瞬间凉了下来，眼前景物忽而清朗，就在这样的一刻，阳光、热气、汗水与风突然有了不同意义，那是来自神的创造。热风持续席卷沙漠，愈吹愈烈，在分不清究竟是热气逼人抑或身上汗水迎风的清凉更为滋润的恍惚间，竟觉自己与风、与沙、与太阳及热气真真实实毫无二致。

这样的感悟若非经过游牧民族提点并在撒哈拉持续练习，还真无法成为来自岛屿的我的真实生命领悟。

若说艳阳曝晒日日宣告着沙漠的广袤残酷，突如其来的沙尘暴便是瞬间逼使游牧子民不得不在大自然面前谦卑低头臣服。

每年春夏是沙尘暴好发季节，有时上午天还正清朗呢，就几朵白云儿飘浮在蓝蓝的天，不一会儿，风势渐强，灰白厚云从远远的地平线迅速席卷过来，强风夹带沙粒碎石，拍打得棕榈树发出清脆声响，须臾间，黄沙弥漫天际，能见度极低，狂风卷起沙粒，让人无法呼吸，睁不开眼，泪水直滴。若这场沙尘暴恰巧带雨，气温便会骤降，而那雨打在身上脸上，力道宛如坚硬碎石，打得人又冷又疼！有经验的牧羊人一见远处蓝天开始转灰变白且风势骤增，便知沙尘暴即将来袭，急忙赶回羊群，人躲入帐篷。沙尘暴一旦卷起，有时不过数小时便止，有时可得疯狂吹上好几个昼夜。

而沙丘不断移动，甚至累积扩大，真可谓一大无解难题。

广袤巨大沙丘景观壮阔瑰丽，是珍贵独特观光资源，却也侵蚀可耕种土地，严重时甚至掩埋住宅，危害居民生存。

在沙漠，风力吹移、堆积、固结物质，持续作用下，沙粒堆积成丘，形成特殊地貌，即为沙丘，形状或如小山丘，或垄状堆积，高度从不到一米到数十米皆有，特殊情况下，甚至可达百米，形成巨大沙丘，常见于荒漠与半荒漠地带，亦可见于海边、湖滨乃至河岸等。

多数沙丘因风吹袭而不停移动，依照流动速度，可约略分为固定、半固定与流动沙丘，有植物生长的沙丘较不易移动，裸露的沙丘往往因风吹袭而流动，掩埋耕地、屋舍与道路。干旱来袭，植物枯死，沙尘暴发生频率大增，土地沙漠化加剧沙丘对人类居住地的侵袭，也是这些年沙漠居民面对的难题之一。

沙尘暴不断朝部落所在地袭来，加剧沙丘移动速度，此乃人力无法改变的大自然现象，近年则因全球气候变暖与干旱，沙漠持续扩大，土地越来越干燥，含沙量遽增，沙漠卷起的风也越来越强烈，沙尘暴出现的频率激增，益发威胁部落存在。

眼见沙丘侵袭日剧，为保住绿洲与人类住所，近几年在国际组织协助下，摩洛哥政府在撒哈拉进行防沙堤建造工程，然而时机似乎已失，风沙早已成功夺走庞大的可耕地，而一块土地一旦为沙丘侵占，便难以恢复原貌。

修建防沙堤是目前所知最能有效防阻风沙掩埋农作物、道路与屋舍的方式。防沙堤由干枯棕榈树编织而成，筑起一道道墙。一座防沙堤面积不小，且只能以人工方式打造。迈哈米德(M'Hamid)急需建筑防沙堤保护的区块就极为广袤，碍于资金人力，只能重点式地建盖在部落周围与道路一带，无奈风沙在沙漠永不止息。

防沙堤需不断定期维修，否则很快就会失去功用，然而碍于维修资金不足，防沙堤寿命大大缩短，应有效益减低。只需稍稍在迈哈米德防沙堤区域行走便会发现，防沙堤几乎已为沙堆掩埋，唯有邻近主要干道者维护状况较佳，以确保道路畅通无阻。

依据现有的科学研究，沙尘暴、沙丘移动与土地沙漠化三者紧密联结。

只要有沙漠，便有沙尘暴，地球表面有20%是沙漠，更是沙尘暴的巨大来源。尤有甚之，全球沙漠正持续扩大且永处移动中，沙尘暴发生的概率增加且危害的区域愈来愈广，每年有五十亿吨粒子飞入大气层，最远可达万里之外，如撒哈拉沙尘暴的沙粒可覆盖欧洲甚至是美国，影响空气质量与植物生长，一旦沙丘侵占良田，粮食短缺即成未来隐忧。

尤有甚之，沙尘暴极可能重度影响未来气候。德国达姆施塔特应用技术大学研究员认为，沙尘暴不是气候变迁的产物，沙尘暴本身就会改变气候，影响地球气温，甚至影响雨将在何处落下，因为大气里的泥沙会影响降雨，甚至让雨降在不需要降雨的海洋，而非水资源缺乏的草原或沙漠。

可以说，沙尘暴的发生与风沙侵蚀人类居地属于全球性的问题，且严重程度远在一般认知之上。

比起烈日酷暑，沙尘暴更让我心生畏惧！漫天风沙让人什么都看不见，泪水直流，只要一张嘴呼吸，立刻满口沙尘！每回只要沙尘暴持续数天不止，总让我觉得自己的身体也将化作细细尘埃，随风散向四方，灵魂则会迷失在伸手不见五指的漫漫黄尘里，寻不着回家的路。

在沙漠生活的游牧民族，几乎没有一家的帐篷不曾因沙尘暴而倒塌过。

是游牧民族音乐吧，让我在尚未走入撒哈拉时，便对沙漠有着无法解释的爱与渴望，明明是来自远方的异文化音乐，于我而言竟是满耳乡音！仿佛那音乐早已在记忆里吟唱许久，身体每个细胞皆欢喜兴奋地回应着每个乐音的弹跳，与人声吟唱里，那最细腻隐微的起伏转折。

略微粗粝的老者嗓音，是场沙漠的风，席卷细沙于天地间漫扬；黝黑手指在琴弦上弹奏而出的乐音，呼应椰枣在树梢摇动的身影；女子头顶水瓶，打从井边过，睡眼惺忪的骆驼抬头看了一眼，再度沉入梦乡。

沙漠游牧民族乐音充满了丰沛强悍的能量，来自广袤天地，与生之最初，是沙丘的连绵起伏，是人与自然和平共存。吟唱中，一个乐句紧扣另一个，环环扣成了圆，循环无尽如同沙丘连绵成无始无终的地平线。

我从来只能“听见原乡”，音乐将“家”于内底铺陈，在心里安上一块磐石，让我可以在生命大海里航行而不至于翻船或迷失方向。依循音乐轨迹，前往“原乡”的方向，任由当下灵感与音乐带我向前飞奔，而“原乡”不断扩大，正如人从来无法预知沙漠将止于何方……

我不曾忘却自己出身岛屿，无尽浪荡，却直到一脚踏入撒哈拉，才知何谓“归乡”，那片广袤无垠以无比温柔的沉静让我明白，地球的名字叫盖亚。

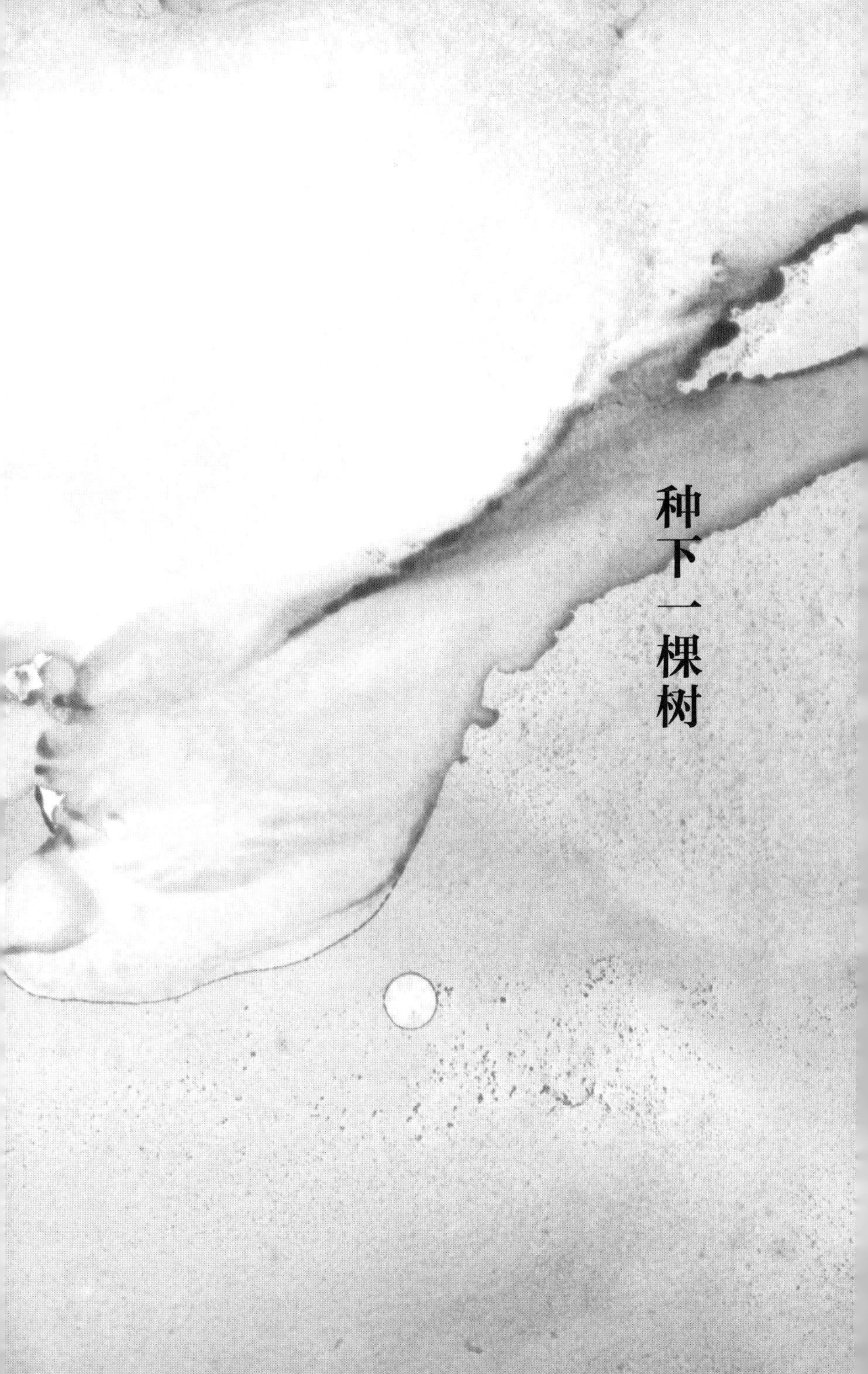

种下一棵树

打从二〇一一年双脚踏上北非大地，我眼中所见就不是沙漠的贫瘠残酷，而是绿洲的祥和富足，以及人与人、与天地间的和谐关系。

更是撒哈拉让我爱上了树，爱着沙漠里每棵树独特的样子，只觉世间每棵树都是自己血脉相连的弟兄。

在绿洲与沙漠，生态平衡特别脆弱，稍有闪失，人在沙漠生存的最基本要件——水，随即被大自然收回，而没了水，便再无植被、无动物，更无人类生存的余地。

一切生命无不来自大地，起源于水与土壤，一旦水资源枯竭，抑或土壤受了污染，自是一场生灵浩劫。

正因如此，绿洲与沙漠游牧民族发展出了与自然和谐共存的文化法则。天地间无不是随手可得的绝佳资源，沙地上自然生长的各种野生植物足以养活羊群牲口，也是泡茶香料或食物，甚至药材。每种植物的妙用，当地人最为明白。

沙漠与绿洲土壤肥沃得足以孕育出生命，但关键仍在于能否获得足以将沙丘幻化为绿洲的水源。在沙漠的发展与困境中，我不断看见在沙丘中闪烁的希望与高于一切之上的法则力量。

捍卫沙漠生命的最后一道防线：棕榈树

在沙漠若见绿洲，必有高大浓密的棕榈树。必须说明的是，目前所知的棕榈科（学名*Arecaceae*）植物有两千八百多种，“棕榈树”（palmier）一词为泛称，在沙漠地带的棕榈树树种palmier-dattier（学名*Phoenix dactylifera*）因可产椰枣，中文也译为“椰枣树”（dattier）。由于北非当地居民普遍仍使用palmier称呼之，这里也使用“棕榈树”。

棕榈树所产椰枣可养活人类与牲畜，提供动物与人歇息的凉荫，树干可作建材，枝叶可编织成屋顶或篱笆，干枯树干与枝叶是最佳柴薪，其纤维、叶柄与叶子则能编制成各种日常用品。棕榈树可说是一种能够全方位利用的植物，从树根到树叶，没有任何废弃物或垃圾可言，更不用说它对绿洲农耕不可或缺的重要性，号称“捍卫沙漠生命的最后一道防线”，只要有水，就有生命力强韧且极为耐旱的棕榈树，以及它所庇荫的生命。若一个地方连棕榈树都无法生存，其他生命形式更不可能有存活机会。

在沙漠等干旱地区，人类对棕榈树的重视可见于古文明。棕榈树与树叶图饰装点古埃及法老王神庙的墙壁与石柱，以及古巴比伦城门、庙宇走廊与国王御座，《汉穆拉比法典》内有保护棕榈树相关法律条文，《犹太法典》多次提及棕榈树，《古兰经》则有多节经文谈到棕榈树与椰枣。伊斯兰视棕榈树为天堂里的植物，对于如何买卖、食用椰枣，皆有相关具体法规，有些阿拉伯国家的钱币或国徽上印有椰枣图案，摩洛哥的沙漠小城伊尔富德(Erfoud)甚至每年举办椰枣节。

棕榈树在阿拉伯文化中象征高大、正直、坚定、慷慨与无私奉献，椰枣则象征美食与甜蜜美好的事物。据说古时阿拉伯人将棕榈树的叶柄当成纸，椰枣由于拥有高度养分与热量——每一百克热量高达两百八十七大卡，含丰富糖类(葡萄糖、果糖和蔗糖)、维生素B群、少量的维生素C、钾、钙与纤维质，是游牧民族不可少的日常食物，常常是斋戒月期间穆斯林一整天守斋后第一种吃下的东西，怀孕及刚生产完的妇女亦常以椰枣滋补身体。

摩洛哥的棕榈树园集中在瓦尔扎扎特(Ouarzazate)、马拉喀什(Marrakech)、廷吉尔(Tinghir)与塔塔(Tata)，尤其是长约两百公里、宽约十八公里的德拉(Drâa)河谷，从阿格兹(Agdz)延伸到迈哈米德，棕榈树密布，是重要的粮食生产区，瓦尔扎扎特与埃尔拉希迪亚(Er-Rachidia)的椰枣产量占全摩洛哥90%。据二〇一六年官方统计，摩洛哥棕榈树园约有五万公顷，相当于五百万棵棕榈树。

即便耐旱强韧，棕榈树同样需要人类修剪枝叶才能持续向天拔高，椰枣若无人收割，不出几年，长出的果实往往干扁无味。人与棕榈树之间，互助和谐。

棕榈树区分雌雄，三月正是授粉时期，这个月的风比其他月份都强，正好将雄树花粉吹拂到雌树花蕊，完成授精，几个月后，雌树上椰枣结实累累。为了能有甜美果实且确保产量丰富，农民多半会进行人工授粉，在开花季节爬上雄树，取下米白色的雄蕊花药包在头巾里，再爬上雌树，插在雌树花柱旁，同时修剪树叶杂枝。

为棕榈树进行人工授粉时，农民除了事先检视雌树的花蕊是否已经打开，还会依循柏柏尔游牧民族传统为棕榈树唱歌，以歌声祝福棕榈树长得又高又壮，雨水丰沛，结出累累椰枣。

一棵棕榈树可产数串椰枣，而一串可有数百颗椰枣，成熟期需六到八个月，农民不仅得在花儿授粉时爬上高高的棕榈树，采收时亦然，得带着锯子，爬到棕榈树树梢，奋力锯下结实累累的椰枣串。掉落的椰枣串只能靠人工捡拾，往往全家族出动，弯腰一一拾起椰枣串与散落一地的椰枣，再一点点敲打摇下椰枣串上的果实，集中放入布袋，以供贩卖或自食，品质不好的椰枣则供作羊只饲料。即便是那些长时间晾在树上或掉落地面，风吹日晒已枯干的椰枣，也是骆驼、驴子与山羊的最爱。

无论野生或人为种植，田野间的每一棵棕榈树皆有“主人”，且人人皆知哪棵棕榈树属于哪一户人家，无人会爬上不属于自己的棕榈树摘取椰枣。

粗重忙碌的农活且靠天吃饭是所有庄稼人的共同命运，无论农耕、游牧或照顾棕榈树，沙漠的劳务都相当繁重，若无年轻劳动力，年迈长者根本无力负担，无怪乎当地游牧民族泰半生养众多孩子且视之为福气。

然而，攸关游牧民族、动物与绿洲农田在沙漠生存的棕榈树，近来不断因罹病而大量枯死，让游牧民族处境越发艰难。一旦棕榈树大片死亡，亦是宣告绿洲面临存亡危机，况且棕榈树具有保护当地自然环境的作用，一旦大量病死，势必对生态保育造成无法磨灭的影响。

二十世纪后，撒哈拉降雨量越发稀少，寸草不生的荒漠面积扩大，伴随的是绿洲缩小甚至消失，加上全球气温升高，沙漠越发干热，一到夏季，焚风不断，几乎年年发生绿洲火灾，大片棕榈树园付之一炬。

绿色和平早已为北非绿洲延续拉响警报，过去大约每五年发生一次干旱，此时则缩短至两年。整个二十世纪，摩洛哥绿洲至少消失了三分之二，整体生态系统愈来愈脆弱，不利于水资源保留，且加剧了人口流失。

近几年国际组织与摩洛哥政府虽已投入大量资金与人力，仍无力解决这棘手的难题。迈哈米德便有一大片枯死的棕榈树林，数量与损失难以计数。当地居民说不上来棕榈树开始枯死的确切年代，只说问题存在已久，至少三十年了，判断应是得了巴尤德(Bayoud)病，这种附生真菌病，早期以药物注射来控制，然效果不彰，棕榈树一旦发病，几乎难逃枯死命运且传染极广。

一发现棕榈树染病枯死，居民随即放火焚烧，以阻止传染病蔓延。有人认为病菌来源是从上游水坝下来的灌溉用水，即使放火烧了染病的棕榈树，仍然无法遏止疾病蔓延、扩散。目前唯一较有效的解决方式是在染病棕榈树枯死之后，随即铲除，改种抗病性较强的棕榈树品种，以避免当地光秃一片。

绿洲里的良田

枯槁干硬的黑色砾漠占了撒哈拉泰半面积，但在能觅得水源处，农耕是可能的，借由凿井、建造灌溉渠道，种植一棵棵能生产椰枣的棕榈树，即为绿洲。只见浓密清凉树荫下，一亩亩青葱翠绿的良田，种着洋葱、苜蓿、石榴树及无花果等。

我住的村子梅如卡（Merzouga）就有游牧民族开辟出来的一亩亩良田。

绿洲农耕形式相当特殊，极度仰赖棕榈树庇荫，每户居民皆有承袭自先祖辈的农田，在棕榈树下耙出一亩亩园圃，种植小麦、洋葱、红萝卜、玉米、牧草、豆类植物与薄荷等，偶尔可见杏、桃与石榴等果树。由于棕榈树下的田地被一排排棕榈树切割成面积极小的园圃，农耕机械无法进入，只能以人力密集的传统方式耕种，多种作物同时种植，以满足自家食用为主，不以商业贩卖为主要诉求。事实上，若非干旱肆虐，在绿洲维持基本粮食自给自足并非难事。

梅如卡绿洲农田灌溉系统是典型的沙漠文化，即俗称的

"坎儿井",据说起源于波斯,分布区域以伊朗高原为中心,东至新疆吐鲁番,西至摩洛哥。坎儿井的做法是先在地面由高至低打下井口,汇聚地下水,并在井底修通暗渠,将地下水引至目的地,以避免水源因太阳曝晒而蒸发,抑或受到风沙等污染。

梅如卡虽有少数几口井,但含水不丰且带咸性,不适合饮用,不远处的沙丘则拥有丰富的储水,水源来自天上落下的雨。一遇大雨,沙丘上的细沙便层层过滤落下的雨水并将之储存在沙丘底,不因阳光曝晒而蒸发,不为沙尘暴所污染,水质干净清甜,是游牧民族的重要资源。坎儿井的形式不仅提供早年整个部落饮水之用,也让绿洲有了农田。

麦田复耕

打从第一次踏进撒哈拉,我便深深震慑于沙漠的广袤辽阔、沙丘的瑰丽幻化与绿洲无穷的生命力及清凉,对棕榈树有着自发原初的爱,如兄弟般亲近,眼见沙漠持续扩大,干燥酷热的大地留不住水滴,我渴望在沙漠种树,庇荫生之网络。

二〇一四年二月,我决定放手一搏,大胆实践梦想,在脸书号召台湾朋友加入为沙漠种树的行列,除了绿化沙漠,更希望保有地力,让麦田复耕,提高粮食自给率。

梅如卡附近有一座随着水流来去的"大湖",名为Dayet Srij(达耶特斯里吉),容许鱼儿野鸟优游,也灌溉一年一耕的麦田,让游牧民族在绿洲自给自足。无奈日日艳阳曝晒之下,原本可种植小麦的旱田逐渐失去地力，沙尘暴一来，旋即化作风中尘埃。

贝爸在湖畔一带有一大块旱地，因干旱缺水废耕多年，我们决定就在此处进行第一场绿化沙漠的实验，考虑经费、人力与经验等因素，种的树苗不多，力求提高存活率。在沙漠种树不只是购买树苗与种植而已，后续照顾与灌溉，尤其陪伴树苗度过漫长夏季的考验，才是真正的重头戏，并非每位麦田主人都能负担棕榈树种植成本。

台湾乡亲纷纷响应沙漠种树行动，我们向树苗栽培商下单，待笨重的树苗运来，跟着游牧民族一同拿起锄头，弯腰掘土，还没将一个洞挖深到可以让树苗安稳扎根，双手便已起了水泡，这才明白要在饱受沙漠艳阳过度曝晒的焦土上种树，谈何容易！

寻获足够的灌溉水源尤其关键，更是难题。

初期，我们每周雇用两次水车载水来灌溉树苗，但沙漠气温高、日晒时间长，带沙的焚风吹得人皮肤刺痛，土壤坚硬如石，原本翠绿的树苗枝干仍然逐渐转成了淡褐色。啊，在这酷热干燥的沙漠，人、棕榈树与所有生灵皆辛苦。

朋友赞助我们一口最阳春(普通)的井，不少工人见麦田土壤坚硬，难以凿井，不接这活儿。好不容易找到愿意做的凿井工人，以游牧民族传统的寻水秘方，找到了藏在坚硬土壤底下的水脉，往下挖掘，果真有水！接着在井四周凿一圈，作为井身地基，再将大小不一的石板石块排列成圆，接着直接汲取井水，混合从井底挖出来的泥土，以手涂抹在石板石块间的缝隙，以做黏合。

凿井工人手上几乎没有任何工具，随手拿起石板即为榔头铁锤在石块上敲打着，让石与土结合得更紧密。又或者以石块将石板敲成适当大小，填塞井身缝隙。井身主要工程都在地底下，我们完成的部分是最简单基本的，如此一来，动物鸟类不会掉进井里，若遇大雨，井也不会遭受破坏。待凿井完成，我们用简易马达将水抽上来，水量不足以灌溉所有树苗便已用完，需耐心等待水位回来才能继续灌溉。

这口井所有构成元素无一不是大地的赐予，包括水、土壤与石块，在人的劳动与做工下，成为有助于人类繁衍的存在物，待废弃后，一切仍是回归大地。

可惜由于资金不足，我们仅以石块固定井身，几个月后，土壤坍崩，便也盖掉了水源。

虽然定期灌溉，每株棕榈树苗看上去仍然干枯。贝桑坚称只要树根依旧青绿，土壤挖开，里头水分还在，就表示树苗并未干枯缺水，依然活着。我心想，这根本不算“活着”，只是“还没死”。

棕榈树虽然堪称“捍卫沙漠生命的最后一道防线”，幼苗期却需来自人类的多方照顾才能提高存活率。定期灌溉不可少之外，还得不时整土，创造出最适合棕榈树苗生长的环境，那份辛苦与付出，真的只有种树人才知。

二〇一六年春季，贝爸不时往麦田跑，花钱请来耕耘机，锄草整地，据说上游水坝的水就要下来了，一旦土壤湿润，便可以开始播种小麦。

他老人家前前后后忙了好几天，终于，水来了。傍晚，我们一同前往麦田探视，诧异地发现贝爸田里有水，旁边邻人的田却是干的，荒草蔓蔓！

原来沙漠迟迟不下雨，“大湖”并未回来，上游释放的水量不足以灌溉每一片田，政府便以田里种有棕榈树的人家为优先，确保棕榈树不死，刚好我们在贝爸田里种了一排排棕榈树苗，因而有幸获得上游水源灌溉，所谓的“麦田复耕”便这样发生了。

然而，那些没有资金与力气种植棕榈树，只能任由麦田持续废耕，甚至因长期曝晒在太阳底下，导致土地持续丧失地力的弱势者，该怎么办？我完全无法因为我们的田得到水源而开心，却因这样的沙漠现状深感沉重与忧心。

二〇一一年我造访迈哈米德时，正逢上游水坝放水，听当地居民说，许久以前在遥远的高山上，每逢下雨，清澈山泉汇聚成河，直直流入沙漠，形成一座平静无波的蓝色大湖伊丽绮(Lac Iriki)，孕育了鱼儿、鸟、羊群与骆驼，一片勃勃生机，湖畔即可寻获游牧民族所有维生所需。河流经过的沙丘，形成大小绿洲，灌溉棕榈树与草皮，养育骆驼、驴子、羊群、鸟儿、鱼儿与人类。

迈哈米德为古老绿洲，允许粗浅农耕，再加上放牧，尚可自给自足，只要不遇干旱，在绿洲水草间移动的游牧民族便不知何谓饥荒。然而，迈哈米德的灌溉水源皆仰赖来自大阿特拉斯(Haut Atlas)山谷的德拉河，约莫六〇年代，河流改变了方向，伊丽绮大湖因而枯竭，鸟飞羊死，彻底伤害并改变了当地游牧民族的生活。

祸不单行，一九七二年，德拉河上游建盖大水坝，拦截水源以供应大城瓦尔扎扎特的饮水与工业发展，甚至希望建盖水坝可对抗沙漠干旱化，当时的舆论莫不认为水坝建盖有助地方发展，能让贫瘠荒凉走向进步富饶。

然而，下游水量很快地明显减少，水坝完工不到几年又发生严重旱灾，一九八〇年代后，灌溉水源几乎全然枯竭，沙丘慢慢掩盖了河道，绿洲也一片片消失了，水坝仅特定时节放下栅栏，提供绿洲农业灌溉。

水源不足自然重度影响农业发展，游牧民族生计首当其冲，逼使他们放弃祖先流传下来的经济与文化形式，离开大漠与绿洲，走入聚落定居。

水资源争夺战中，沙漠游牧民族与绿洲居民永远是输的那一方。近几十年来，唯有山上下足了雨，储水够瓦尔扎扎特使用，水坝才会打开，将水资源与下游居民分享。至于水坝如何冲击游牧民族生计与传统文化，甚至改变生态与地貌，所有故事只在民间流传，上不了媒体，仿佛只是一场在沙漠不经意响起的耳语。

一般说来，大坝大约每三个月放水一次，面对水资源分配，部落中人长年来早已借由公开讨论形成协议，什么时候水流到哪户人家的农田，谁可以享有多久时间，皆已订出详细行程。一旦得知水坝放水的消息，聚落里的男人往往全数下田，遵循水到的时间，半夜三更也拿着手电筒在田埂间忙碌，几点几分该打开哪儿的渠道，又该关起哪个水流出口，一切按照步骤，清清楚楚，不容丝毫马虎。

那回我正巧碰上来自大坝的水在日落后抵达，干渴已久的绿洲农田终于有水灌溉，只见三四个年轻男人为了整理灌溉渠道着实忙了一整晚，先拿起锄头将渠道挖开口子，慢慢将水顺到田里，再以锄头整理湿黏土壤，修补渠道，待土壤湿润，便可种下小麦与蔬菜等。

当时我跟在几个大男人身后，行走在田埂与灌溉渠道间，听着流水潺潺，闭上眼，真难相信自己离沙漠竟是那样近！还记得我独自站在渠道之间，四周一片漆黑，仰头上望，天上星光无比灿烂，闭上眼，一股芳香扑鼻而来，慢慢地，我认出了那是属于绿洲的独特香气。仔细聆听，我听见了麦田与棕榈树因水到来而欢喜，仿佛整个世界皆因水的灌溉滋润而开心地颤抖了起来！

如今，面对极端气候、干旱肆虐下的撒哈拉，我焦虑悲伤，目睹鸟儿一闻到水的味道纷纷来喝水，在草丛树苗间吟唱，竟有些泫然欲泣，却也只是告诉自己："再试试看吧，永远不要放弃希望。"

支撑一个人于烈日下，站在干枯龟裂大地持续耕耘下去的，不过就是这过程吧——在这个从无到有，从焦枯无望到绿意点点的过程中，真实体悟来自土地自身的力量如何支撑一整套生命系统，因而有了弯腰在土地上做工的理由。

望着拿起锄头在焦硬荒土上掘地以种树的老迈游牧者，我心想，啊，人确确实实必须学着谦卑，毕竟到头来，从来都是人得低头弯腰向土地祈求，才有生的希望！

民宿种树

在废耕麦田种树的立意虽好，但因土壤坚硬浇薄、水源不足且照顾不易，树苗难以在严苛的自然条件里存活。每一棵树苗的枯死，都让我心碎一次，亦觉难以对赞助者交代，从二〇一七年开始，我将种树计划放在"天堂岛屿"民宿里执行，方便就近照顾，也暂停接受他人赞助。

打一开始我就希望民宿内能有一座绿意盎然的庭院，我们买来几棵壮硕美好的棕榈树苗，由我决定每棵树苗确切的种植地点，由贝爸与工人联手种植，他老人家不时会来"关心"树苗，帮忙整理、松土，更在树苗旁种下一颗颗南瓜种子与小麦等，孙子们跟着忙前忙后，合力抬水灌溉，沙漠务农趣，潜移默化中。

撒哈拉气候干燥，病虫害与杂草极少，绿洲农民撒下种子后，仅定期浇水并偶尔松土整理，无须农药，所用肥料不过是羊粪混合麦秆。

沙漠水资源稀少，我尽量减少洗洁精的使用，将清洗蔬菜、碗盘甚至衣物的灰水，甚至是不用肥皂的淋浴水，不嫌麻烦地一桶一桶地收集，顶着艳阳一桶又一桶地端出去，倒在植物旁。

可再怎么努力与坚持，只有草本科植物稍能带来绿意，树苗存活率依旧不如人意。我研究许久，判断是土质过糟，偏偏沙漠什么沃土肥料都买不到，只好用最原始的方式：将厨余存起来，变成堆肥，试图改善土质，同时勠力不懈地撒种子。

没想到，这竟成了一场和贝桑家族之间的角力与文化冲突！

虽已定居绿洲，走入观光业，贝桑家族的脑袋依旧“游牧民族”，认为所有厨余理应用来喂养羊棚里的羊，毕竟羊长大了可以卖钱，哪管我家厨余放我家，哪管我把厨余藏起来，依然等不到厨余变堆肥那天便进了羊肚。

我试着用羊粪施肥，贝桑嫌臭嫌脏，认为观光客不会喜欢闻得到羊骚味的民宿。Well，我们民宿根本没客人好不好！

在我的勤加呵护下，小麦、高粱与瓜类种子逐渐发芽，攀藤类的哈密瓜枝叶茂密，开着黄色小花，瓜叶与蔓藤亦有助于保持土壤湿润，尤其耐旱耐热的高粱以茂密枝叶保护了刚种下的棕榈树苗，尔后可收割作为羊只草料。

正当土质稍有改善，忽地，贝桑姐姐并未告知，直接走进民宿，将绿叶蔓藤割得一干二净，带回去喂羊！我见着好不容易较为湿润肥沃的土壤再度暴露于沙漠艳阳与狂风下，欲哭无泪。对他们来说，那不过是些许植物，给羊塞牙缝都不够，对我来说，那是我不辞辛劳灌溉呵护才终于长出的一点点绿意，却被毁于一旦，被带走的，更是一整座森林的希望。

类似事情一再发生，他们无法理解我的小气，就连青菜叶、几根草都要计较，我则难以让惯于迁徙的游牧民族明白，扎扎实实在土地耕耘是何种生命状态。

有一回，亲族即将来访，贝桑除找人打扫民宿内外，还要他姐将我好不容易种出来的小麦与高粱全部割走，并用杀虫剂喷洒土壤，责怪我因为种植植物让院子里多了不少蚊虫，说会让亲戚笑话。望着瞬间一片光秃秃的院子，勠力“养土”的我真是愤怒又绝望。

现今，这类核心价值冲突仍不断发生，幸好我们还是在民宿院子里种活了少数几棵树，但离我理想中的“绿色天堂”依旧遥远。

保护老树

土地所有权与界线在沙漠是模糊的。

撒哈拉辽阔无际，界线不存，将广袤土地切割、划定疆界，并占为己有者，唯有人类。

早年游牧时期，土地、牧草与水源等资源皆共享，一口古井，静静地在那儿，滋润生命网络，属于所有需要一口清凉的生灵。近几十年观光业兴起后，渐有居民在沙丘一带建造简易屋舍，提供游客食宿，土地转为私有制，虽然彻底改变了人与土地的关系，但在资源共享的大原则下，人们各自寻觅土地，加以利用，不识字且惯于迁徙的游牧民族，不知何谓“地契”。

二〇一六年，我与贝桑爱上了大沙丘后方一棵高大绝美的古老柽柳。沙漠里能长出一棵树，多么不易！

沙漠中的树种极少，居民虽会在屋前及绿洲农田种植棕榈树、橄榄树、无花果树及杏树等，但砾漠多半只见金合欢，柽柳则较常见于沙丘群周围。

另一方面，一般印象中，仙人掌可说是沙漠植物的代表，在北非却远非如此。摩洛哥境内的仙人掌是外来种，于一七七〇年由西班牙殖民者从墨西哥进口植株到里夫山区，尔后扩散至大西洋沿岸的高原与平原等湿度较高的区域。初期作为屋舍及农田的篱笆之用，尔后因仙人掌耐旱、生长容易且种植后无须照顾、果实物美价廉，深受民间喜爱，乃大面积种植于碎石山坡上，渐成农家重要收入之一，可惜近年胭脂虫（学名*Dactylopius coccus*）病虫害肆虐，造成大面积的仙人掌死亡，农损惨重。今日，摩洛哥全国各地都可见仙人掌踪迹，在极度干热且土质过于浇薄坚硬的撒哈拉反而相对不是那么普遍。

沙丘后方这一棵盘根错节、枝叶茂密、高大峥嵘的野生老柽柳，枝干之粗壮巨大，可让人走进树里栖息，在树上攀爬，让我想起龙猫酣睡的树洞，树龄即便未必有千年，也应有几百岁了！

贝桑身为梅如卡当地游牧民族，有权使用沙丘群一带的土地，他梦想在老树旁建造帐篷营区，或者清除树里的枯枝，铺上地毯，可带客人来此休息、用餐、喝茶，还想弄一个土窑，为客人烘烤面包与柏柏尔比萨。

我呢，只愿老树与沙丘尽可能保持最原初的样貌，若旅客能目睹老柽柳独特姿态之美，必能对撒哈拉的美与能量更有感触，对地球的爱也将油然而生。

满怀着爱，我们在树旁种下几棵棕榈树苗，在当地传统里，这是“此地已有人使用”的标志。

梅如卡大沙丘群后方这一带人烟稀少，生态本就特别敏感，又因邻近阿尔及利亚边界，摩洛哥政府禁止建盖饭店，业者亦无土地所有权，只可搭建观光帐篷区且营业行为不得伤害生态环境。尽管如此，随着观光客大量涌入，一家家大饭店纷纷据地为王，在沙丘后方规划一座又一座豪华白帐篷，服务顶级贵客。

离老树还有一大段距离，远远地，一处帐篷营区坐落在沙丘群里，业主是碧霞家族。碧霞家族在梅如卡拥有一家大饭店，房间豪华舒适且附带游泳池，以欧洲客群为主，经营得有声有色，进而投资了两座以上的帐篷营区，生意兴隆。碧霞帐篷区与老树遥遥相望，沙丘群蜿蜒起伏，挡住彼此视线，保有各自的隐秘空间，不至于相互干扰。

哪知，隔天我们再回老树，竟见碧霞二老板尤瑟带着数个工人，正在锯一棵离老树不远的大树，被锯下的枝叶散落一地，甚至在沙丘棱线上排成一条直线，据地为王的意图相当明显。

我一看树木被锯，怒火攻心，不加思索冲上前用手机拍照存证，痛骂他们不应该伤害沙漠里任何一棵树！尤瑟是传统大男人，不屑和女人说话，对着工人狂骂我这外来的女人无权干涉，应该滚出摩洛哥。

我说：“这和我是不是外来的人无关，摩洛哥法律保护沙漠生态，今天你砍了树，破坏生态，就是犯法。”

尤瑟说：“这树是我阿嬷亲手种下的，这棵树与这一大块土地都是我们家的，我想砍就砍。”

我回呛：“这棵老树早在你我出生之前就已经在这里了，可能已经几百岁了，它根本不是你阿嬷种的。”

尤瑟愣住了，与工人悻悻然离去。

隔两天，贝桑一大早就收到地方官员通知，接着我们就被军方押着，挖出了才种在老树旁的棕榈树苗。

整个过程在高压气氛与沉默中进行，暧昧诡谲，没人对我们解释什么，没人回答我任何问题。

状似平静的沙丘群，暗自波涛汹涌。多年过去的今天，我依然不解为什么是军方押着我们挖出树苗，在行政效率不彰的沙漠为何能够如此迅速处理。

接下来长达十个月无人惊动老树，正当我们较为放心，二〇一七年底再回老树探望，却远远望见一辆推土机正大肆铲平离老树约一百米的沙丘群，让我们心痛极了！

沙丘具有储水功能，孕育无数生命，铲平沙丘群等同破坏沙漠生态。推土机甚至将沙丘推成细沙矮墙，围出辽阔无际的平坦营区。

走近老树一看，赫然发现从碧霞帐篷营区到老树之间，原本起伏错落的沙丘群已被铲成平地，老树茂密枝干也被肆无忌惮地砍了下来。碧霞饭店占用广大土地不说，就连老树也不放过！

贝桑气极了，冲上去跟工人理论，工人对贝桑道歉，说他只是奉命行事，贝桑要工人回去警告碧霞家族，请他们不要再伤害老树。

我有不祥预感，认为要更积极护树，生性天真烂漫的贝桑却要我放心，认为碧霞饭店不敢轻举妄动。

过了几天，我们惊讶地发现，就连围绕在老树旁的低矮小沙丘群，不知何时已被推土机无情铲平，围筑成了一道沙墙，老树枝干被锯，树根因推土机而断裂、暴露地表。自此，老树附近的土地与碧霞营区相连，成为碧霞资产，代价是躲藏在草丛与沙丘里的跳鼠、蜥蜴，甚至是小狐狸等沙丘特有物种，全没了家。

当下，我眼泪掉了下来，贝桑愤怒地与碧霞员工争吵，我赶紧录像、拍照，相机的出现吓得推土机司机马上停工。

碧霞家族得知砍树工程被我们阻挡，不屑与我们沟通，却一一打电话给贝桑的哥哥们，想发动亲族压力逼迫我们放弃。好不容易与碧霞饭店小老板艾里联络上，电话里，艾里对着贝桑破口大骂，宣称眼前一切全是碧霞资产，若我们胆敢放肆，他会杀了我这个多事的女人，哪天在路上遇到绝对开车碾死我！

贝桑义愤填膺地问，凭什么占了那么大一块地，却不留一丁点资源给他人？艾里发现威胁无用，改口说若我们愿意放弃老树，他可以让我们用旁边那一小块地，甚至愿意分一点水给我们，贝桑悍然拒绝。

碧霞帐篷区停了工，这场争吵在村里掀起了不小波浪。哪管村民议论纷纷，说到护树，我寸步不让！贝桑家族好心提醒我不要单独外出，以免发生意外。

僵持好几天后，经由亲族协商，说好了由贝桑大哥、一位与碧霞饭店关系紧密的亲族、军方，陪同我们与碧霞家族在老树前谈判。

我与贝桑一早依约前往老树，寒风凛冽，漫天黄沙中，我一个人窝在树里，祈祷着谈判不至于搞到血溅老树。说我不怕自身安危，那是骗人的，但独自坐在伤痕累累的老树里，聆听风的声音，我内心的悲痛难以言喻。明明是沙漠美景让观光业者致富，他们怎能对沙漠如此残忍？地方官员为什么闷不吭声？沙漠瑰丽绝美，吸引无数旅客前来，若观光业再不停止对沙漠生态的摧残，未来还能在哪里？

艾里再度虚晃一招，让我们在树下空等，显然完全不把我们当一回事。

眼见老树随时可能因为人类的贪婪野心与现代器械而倒下，碧霞饭店势力强大，官方态度暧昧不明，偏偏身边全是穷困又弱势的游牧民族后裔，几经思索，我发现此时能与自己一同捍卫老树与沙丘生态的，恐怕唯有国际网络舆论与乡民正义。

我火速在《换日线》详细写下护树缘由并公开碧霞饭店名称，引起极大回响，网友纷纷在饭店网页给予负评，艾里倍感压力，口头答应与我们面对面协商。

争取到时间后，我们决定尽快找推土机移除沙墙，破除碧霞饭店设下的领域疆界，将沙与土还给老树。

贝桑打了无数通电话，没有哪个司机胆敢和碧霞家族作对，全部推说没空。我坚决地拿起锄头，一锄锄把沙子慢慢拨下来，真真实实地脚踩受伤大地，带着爱，身体力行地为沙漠生态做事。

正当贝桑也拿起贝爸生前使用的锄头开始移除沙墙，手机响了，终于有推土机司机愿意来上工！贝桑觉得父亲一直和他在一起，很喜欢我们做的每一件事，话才说完便像个孩子似的红了眼眶。

太阳快下山时，快累坏的我们准备收工，贝桑将断裂的巨大树根放在隔开大饭店豪华帐篷区与老树的沙丘棱线上，划清界限的意义强烈，也昭示着碧霞家族对沙漠生态有多么残忍。

这时，一辆吉普车远远朝我们驶来，我提高警觉，生怕大饭店来寻仇，定睛一看，副驾驶座上竟是贝桑大哥！待他们下车，才知吉普车司机是碧霞与贝桑两家的旧识，原来司机和贝桑大哥受艾里委托，要我们放弃老树。

贝桑和他们激动地争论，我问："艾里已经圈了一大片土地作为碧霞帐篷营区，为什么连老树周围这一丁点空间都不肯放过？"

司机说："艾里认为你们如果在老树下搞东搞西，会吵到他们的顶级客人，影响他们做生意，希望你们离开，到其他地方想办法。"

原来艾里的真正目的不是老树，而是想把周遭所有人都赶走，好占有辽阔无尽的土地！碧霞家族不要"贫穷邻居"，只想要可以让他们财源滚滚的"顶级贵客"，先是口头答应让步，同时却请贝桑大哥来叫我们放弃老树、离他们的地盘愈远愈好，完全是双面人的做法。

再一次，我与贝桑悍然拒绝艾里的无理要求。

碧霞家族持续向贝桑家族施压，暗中找官员和军警威之以势，找贝桑亲友动之以情，我们则寸步不让。

网络舆论持续燃烧，艾里担心失去客源，一再向官员军警告状，说我们为了一棵树，借由网络伤害他们的声誉。官方双手一摊，说网络世界不归他们管。迫于无奈，艾里只好再度请贝桑大哥出面，说只要网络舆论能够平息，愿意放弃老树。

抓紧网络舆论还能对碧霞家族施压的时机，我们赶忙将物资运往老树，但地处遥远偏僻又必须穿越沙丘群，光是交通与搬运便相当棘手。

过了两天，推土机终于前来。刚刚开始铲除沙墙，我便听见一辆吉普车从碧霞帐篷区那儿驶来，竟是艾里亲自前来阻止。贝桑和他激烈争吵，两人几乎当场打了起来！

或许碧霞家族之前完全不把我们看在眼里，也或许在当地传统中，双方协商是由有威望的家族长辈代为传话且不与女人谈，因此先前他们不愿与我们直接沟通，只是不断找人传话。直到艾里终于现身，我这才赫然明白，碧霞家族从来不曾明白引发众怒的是他们为了营利而砍树、破坏生态，认为已经答应了我不再伤害老树，网络负评却不曾消去，因而认定我背信，大加指责。

听着激烈争吵，我独坐沙丘，望着远方的大沙丘。

寒风中，我清楚看见横摆在眼前的事实：我们势必得磨合出共识，避免两败俱伤，毕竟我们不可能移走老树，而碧霞家族大肆拓展营区，新搭建的帐篷区紧邻老树，利益驱使下也不可能迁移。然而，我们唯一能和碧霞家族角力、协商的筹码，真真就只有网络乡民的理解与支持，让碧霞家族气到跳脚的从头到尾都不是我和贝桑的怒吼，而是网络负评瞬间损害累积多年的商誉。

我走进老树，静静坐在里头，想着《幽灵公主》里“难道人类生存与自然生态之间，只能是对立与冲突？”的议题。宫崎骏给我的启发之一在于帮助我理解，所谓的“邪恶那端”其实很有可能只是在执行属于他自己的那一套正义与理想。若没有任何人愿意坐下来，聆听对方并试着理解，彼此各退一步，这世间将只会杀戮不断，永无宁日。

我无法平息世间任何一场战争，但愿意从“降伏己心”开始，不因愤怒而诉诸暴力，也愿意给和平一个希望，即便最后还是难以对抗大饭店恶势力，只愿整个护树过程激起更多的，是我们心中的爱。

终于，在网络负评压力下，艾里亲自出面协商。

双方约好在老树前商议，沙漠寒风又急又大，我与贝桑一早就到，却枯等到近午才见一辆吉普车驶来。定睛一看，车里坐了四个人：贝桑大哥、两位亲族长辈与艾里本人。显然这回兹事体大，不得不出动双方亲族长者前来协助谈判。

当地传统男尊女卑，从没女人说话的份儿，即便借由网络力量来让大饭店让步的"始作俑者"是我，协商这事依然只能交由男性处理。我尊重当地传统，耐心在车上等。寒风中，尘埃漫漫，只见一行人在沙丘上激动地交谈。

好一会儿，待男人们达成共识，贝桑唤我过去。我走上沙丘棱线，主动与艾里打招呼。只见眼前是一位风度翩翩、看似知书达礼且颇有领导者风范的青年才俊，完全可以想象欧洲游客会多么欣赏他的年轻有为，偏偏他正是数天前在电话中口出恶言甚至威胁取我性命的艾里。

显然，艾里为谈判做足了功课，早已用Google Translator（谷歌翻译）细读过《换日线》上的文章，一开口就说撒哈拉是他的原乡，他比我更早关注沙漠生态，很清楚现行的观光模式对生态破坏极大，再耗损个五年、十年，这里很可能就什么都没有了，他两个年幼的孩子将无法如他这般以观光业维生，他无比痛心，因此在村里独排众议，要所有帐篷区搬出沙丘群，反对横行无阻的越野型沙滩车（又称"全地形车"，译自All Terrain

Vehicle，缩写ATV)、饭店毫无节制取用沙丘储水等。

我笑一笑，谈吐文雅且用字精准的他看来非常清楚现行观光业对沙漠生态的摧残，却仍不妨碍他在“整体生态”与“自身财富”之间选择牺牲前者。

我问：“既然在乎沙漠生态，为什么要砍树、铲平沙丘呢？”

艾里说：“整地搭帐篷区的大饭店不只我们，沙丘群一带的帐篷区何其多！现代消费者就是偏好舒适高级的豪华白帐篷，如果我们不提供这样的服务，就没生意了。”

我说：“这依然无法合理化你们摧残沙漠生态的行为呀！”

艾里说：“我们父祖辈早就向游牧民族买下了这块地和树，这里全是我们家的资产，当然有权力自由运用，想怎么砍树就怎么砍，况且游牧民族本来就会整修树木，好让树长得更好一些。”

碧霞家族购地一事极可能是艾里胡诌的，毕竟游牧民族多是资源共享，鲜少有土地交易的概念，他更不时以“我是当地人，你是外地人”暗示“我比你懂”。至于自由砍树的权力，绝对是他说谎！游牧民族整修树木时，完全不会像他们这样砍伐仍然带着绿叶、强壮健康的树枝，只会稍微清除枯枝。

我知此时不需和他争论，只说：“无论如何，摩洛哥法律保护自然生态，您的行为是无法通过环评的。”

艾里一听“摩洛哥法律”与“环评”这几个字，知道我不似未受教育的游牧民族好糊弄，态度迅速软化，马上点头答应我不再动老树与邻近土地，并请我呼吁网友删除负评，我欣然同意。

双方终于达成协议，以隔开豪华帐篷区与老树之间的沙丘棱线作为边界，从此井水不犯河水。

扩大营区的计划被迫放弃让艾里不甘心，临走前不忘呛贝桑：“这棵老树下的地，就留给你去养鸡吧！”

在他眼中，碧霞家族有能力在沙漠经营豪华帐篷营区，我和贝桑只能养鸡！

一与碧霞饭店达成协议，我们立即执行进一步的护树工程：推倒沙墙。

在贝桑的指挥下，推土机赶忙推倒沙墙，将沙土移至老树周遭，好让断裂的树根不再暴露地表，尽量恢复沙丘原状。已然破坏的生态需要时间恢复，放手让土地强大的自我疗愈力运转，我们相信只需几场飓风，满目疮痍的沙地终将回归为起伏蜿蜒的洁美沙丘。

附近一位游牧老人好奇跑来观看，对于仍保有“分享之心”的游牧民族来说，他们很难理解观光业越发兴盛将压缩自己在沙丘的生存空间，理应共享的土地正迅速为一座座大饭店的豪华白帐篷占据，甚至是以摧毁生态的方式经营。

沙墙倒下后，接着便是在老树前搭建一座帐篷，守护老树与沙丘群生态，不让大饭店再越雷池一步。

碍于财力，我们仅购买了一顶黑帐篷与几根木头，请货车运来后，便由家族长者与小孩群策群力地在老树前架帐篷。

是日，老树前方极为热闹，贝桑的两位年长亲族带着三个男孩，以游牧传统手作方式，慢慢将帐篷搭了起来，那是游牧传统技艺的分享与传承，更是对撒哈拉原乡的爱。刻意带上孩子们是想让他们跟着长者学习，引领孩子加入护树行动，同时增加对沙漠生态的了解与敏感度，毕竟孩子们才是未来在这块土地生活的一代，唯有当他们心中对沙漠有爱，在这块土地上的行动才可能带着爱，进而善待这片土地上的生灵。

搭建护树帐篷时，两位长者趴在地上，手持钉状物，慢慢在沙地凿出支撑帐篷支架的圆洞，男孩们协力将木头锯成适当长度，再放入圆洞中，竖起并填入泥土做固定，接着将两根木头交叠，横放在竖起的木头上，再以铁丝缠绕、固定，如此便成撑开帐篷的梁，最后摊开厚重的帐篷长布并铺在木头骨架上，再做固定，一顶传统游牧民族的黑帐篷便在那里了。

这顶黑帐篷宛若一场宣告，昂然架在伤痕累累的老树前，堂·吉诃德面对巨龙，说什么都不愿在强权面前低头，摇摇欲坠中，仍是生命的昂然不屈。

离老树与黑帐篷几步之遥，便是碧霞帐篷营区最外围的现代帐篷骨架，原本蜿蜒起伏的低矮沙丘群早已被推土机无情铲平，周遭一大片土地相当平坦，待营区搭建完成，一顶顶五星级豪华白帐篷绝对可让碧霞家族赚得盆满钵满。

沙丘棱线两端，一边是古老野树与家族搭建的简易帐篷，另一边是昂贵的现代豪华白帐篷，对照之下，宛若“富贵权势”与“穷困弱势”两个极端。

种树以护树

二〇一九年可说是沙漠观光业达到高峰的时期，前景一片看好，沙丘上，黑帐篷、白帐篷、越野车与观光客迅速取代野生动物，赶走撒哈拉特有的空旷静默。

二〇二〇年初春，我们回老树探望，无奈地发现沙丘群上满是垃圾，就连老树的枝干都塞了不少空酒瓶与空罐头。游牧老人跑来告状说，一群西班牙观光客骑着越野车来跨年，在老树附近扎营，老人见他们骑着越野车在沙丘上横冲直撞，特地跑去告诫他们，这地这树有人保护，请他们离开。

我和贝桑清理许久，终于把原本的洁净还给沙丘与老树，两人商量后，决定在这一带凿井、种树，以人工种植的树苗保护天生天养的老树，若一直让地空着，碧霞家族可能又起邪心，不请自来的观光客也可能伤害老树与生态。

这决定也让我们的沙漠种树计划进入第三阶段：以树护树。

我们找来凿井工人，在老树邻近处成功挖到水源，贝桑又另找专业工班搭建水泥井身与水塔等后续工程，还亲自和表哥一起用木头、麦秆与帐篷在树旁搭了个简易棚子，里头放些必要工具等。

待井身与水塔建成，贝桑买了阳春型马达，将井水抽到水塔上，安装简易滴灌系统以灌溉树苗，还弄了个水龙头，方便取水。

这些工程看似简易，仅能满足最基本的树苗灌溉需求，却已耗费我们相当多时间、精力与资源，毕竟老树极度偏远，得请底盘高、马力强且轮子大的货车穿越多种沙漠地形，才能运来木材、石头、水泥、模具与滴灌系统等物件，每天早晚两趟工班接送则由贝桑负责，最后还得再请大车载来笨重水塔，推高置于水泥塔上。

在沙漠深处，这类基础工程的艰难度完全不是外人可以想象的。好在工人很厉害，善用贝桑载来的木头，就地做成长度适中的木梯，将木梯靠在水塔上，就可以爬上去清理水塔里的杂物，不需要时便收到帐篷里。

待马达将井水抽起，注入水塔，只需打开水塔下的水龙头，便可获得干净水源。滴灌系统还能减少耗水量与灌溉难度，有助于提升树苗存活率。

护树即护生

世间没有哪一场梦想是廉价的，尤其关乎环境与公共议题时。

二〇一四年开始在沙漠种树以来，种死的远比幸存的多上太多，每一棵树的死亡都让我黯然神伤，但我没有放弃，持续反省、学习并调整，转化失败经验成为下一场行动的养分。

初期我们沿袭传统，在种下的棕榈树苗外围包裹破布，减少艳阳曝晒、水分蒸发与沙尘暴带来的危害，同时避免粉尘卡在树里。幸有这层保护，多少有几棵树活了下来。

二〇二〇年，我们同样为每一棵种在老树旁的树苗做足保护措施，棕榈树苗依然以破布包裹，橄榄树苗用干草，尤加利树苗用芦苇篱笆。芦苇生长迅速，在山区及沙漠使用广泛，价格便宜，重量轻，还能生物降解，废弃后则是最佳柴薪，不会给沙漠生态造成负担。我们向小城商家订购，运抵村子后再想办法穿越沙漠多种地形，运往沙丘后方的老树。

种树是相当倚靠体力的粗活，我们请了几位经济状况不佳的朋友来帮忙，让种树行动也能创造一点工作机会给需要的人。

井凿了，水塔建了，滴灌系统做了，树苗种下去了，芦苇篱笆围好了，还得用铲子将沙子围在芦苇篱笆底部，严密固定，才能抵挡沙漠狂风与沙尘暴，而且每隔一阵子都得重新整理，因为整座沙漠是流动的，水会蒸发，篱笆会倒，沙丘会移动。

有了芦苇篱笆这层保护及滴灌系统的滋润，树苗较易存活，但最辛苦磨人的依然是漫长的照顾过程，尤其是极度酷热干燥的沙漠盛夏，白昼高温将近五十度，沙尘暴不止，整座沙丘会烫人，这是树苗最容易死亡的季节，更不能疏于灌溉及照顾。我把这一切当修行与自我磨炼，陪伴树苗成长，渡过难关。护住树苗，便是护住了希望与生之网络。

另一方面，我虽然喜欢老树，也凿了井，种了树，但除了种树、保护这块土地不受人类伤害，没有太多特别的想法，更别说投资。等到二〇二〇年疫情一来，我们没投资、没员工要养，经济压力相对较小，来老树这里晃晃，为树浇水，让整个心净空，反而获得了一股清新的力量。

我们坐在沙丘上，享受了好一段宁静。

望着远方巨大沙丘与连绵起伏的沙丘群，我深知眼前一切永远变幻莫测，如梦幻泡影，只需几场飓风，沙丘随即改变，甚至移位，人在沙漠行动，到底还有什么可以坚守不放的？

然而，这并不妨碍我们带着爱，尽一己之力，为人与土地做些事，甚至将所发生的事以及自身经验分享出去。再怎么微薄且看似徒劳无功的努力，都能为这世界的改变注入一丝希望，如果为土地与人付出的过程能激起我们心中更多的爱，便也就是了，结果成败完全无损过程里的价值。

曾以为舞蹈是神给我的最美的礼物，万万想不到当舞蹈让我愈来愈痛苦，终究毅然决然地转身离开时，这块土地竟许给我整座撒哈拉的精彩绝伦，向来是它支撑着，让我一路走到现在，而我也以生命尽力回报土地给我的爱。

为沙漠种树，去照顾身边需要的人，就是我回报土地给我的爱的方式之一。

曾经，我以为是我在照顾人与土地，疫情暴发后，没了导览工作与收入，难免焦虑心慌。仍是同一个我，持续照顾树苗、为树苗灌溉的行动让我感受到，自己依然好好地站在土地上，与土地有所联结，联结到生之网，无论疫情何时平息，疫后的世界将是什么模样，生命就是在那里，好好地。

这块土地与这里的生活方式，让我更加敏锐地觉察到人与土地的关系，以及土地如何孕育万物，让生命延续，无尽给予。

终究是土地默默支撑着一切。

撒哈拉已经连续好几年都是旱年了，雨量出奇的少，夏天愈来愈早开始，明显愈来愈长，干热得凶狠猛烈。无雨，梅如卡附近的湖泊便也消失，湖泊上的水鸟与火鹤(火烈鸟)早不知去向。疫情让全村收入锐减，没了水草，牧羊人与骆驼夫更加辛苦。

世态越是炎凉，越需要在生命、美好与希望上做工，为的不是拼个“树种了几棵”的“量”，或任何世俗利益，更非追求“化沙漠为绿林”的虚幻传奇，自始至终，不愿放弃的，依然是自己的善念，一份初衷，我依然记得自己为什么回沙漠，而我心里的那份初衷依旧。

有天当我离世，陪伴着我的会是这份初衷——或许也将在沙漠留下几棵树，参与着地球生之网络。

众人联手搭建的简易黑帐篷，守护着老树

树苗种下后，需以牛皮纸或破布包裹，保护树苗不受沙尘暴等侵害，提高存活率

载水来灌溉树苗的水车

树苗种下后，必须在周围挖一圈凹槽。灌溉时需让凹槽装满水，土壤把水喝足了，树苗才有水喝

民宿院子土质不佳，树苗存活率低，我在树苗旁种植小麦及高粱，既可庇荫树苗，又可改善土质

在老树前种树以护树

↑↑贝爸的田里因为种了棕榈树苗而有幸得到政府发放的上游水源
↑灌溉后，小麦在棕榈树苗间茂密生长，绿意盎然

↖从老树里望向沙丘一景
↗走进老树，宛若走入一座森林

↑↑原本起伏蜿蜒的沙丘群被推土机铲平，甚至堆成沙墙
↑沙丘上的大树被齐根砍去

老树旁的沙地上，无处不是推土机无情碾过的痕迹

↑↑为了滴灌系统能够运作而特地架设的水塔
↑以芦苇篱笆围住树苗，避免沙尘暴侵袭与动物啃食

左侧是碧霞饭店扩增的帐篷营区，右侧是我们奋力护下的老树与黑帐篷，中间仅隔一道低矮沙丘

从土里长出来的『天堂岛屿』

回沙漠定居，首先得解决的便是现实谋生。观光业是摩洛哥国家经济支柱之一，占国内生产总值的12%以上，相关从业人员极多，梅如卡更是沙漠旅游最具代表性的重镇，全村仰赖观光业而活。但我和贝桑都没有观光业实战经验，贝桑向来是个边缘打工仔，我骨子里甚至对观光业没有好感。

贝桑家贫，食指浩繁，我积蓄不多，讨论后，贝爸同意我们在家族老宅后方的空地上盖民宿。

二〇一四年春，带着不多的积蓄、朋友的赞助与初生之犊不畏虎的勇气，我开心地回沙漠打造一块梦想园地，想让志业就从一间民宿开始，让民宿成为创造改变的起点。

我希望这间民宿是"绿建筑"，数间客房围绕着绿意盎然的庭院，宽广沙龙可展示游牧文物、办工作坊，允许多方交流，甚至让孩子们来这儿上课，不仅可满足造访者在沙漠食宿的基本需求，更能让他们真实感受沙漠丰富的人文与自然之美。

朴门“向大自然学设计”的概念让我极度向往，构思整个民宿朝向与空间配置时，我将沙漠四季风向及太阳运行轨迹等自然因素考虑在内，渴望庭院宛若绿洲，抵挡夏日艳阳与沙尘暴的侵袭，保有水汽并调节温度。

在沙漠，只需重拾北非传统土夯筑屋法，即“绿建筑”。

北非特殊传统建筑形式为古堡“卡斯巴”(Kasbah)，夯土为墙，以抵挡沙漠艳阳焚风，以木为梁，铺上芦苇及黏土作为屋顶，夏季可将白昼热气挡在屋外，入夜后，土墙散热远比水泥砖瓦迅速，入冬则能抵挡旷野寒凉，是更适合沙漠气候的建筑方式，整体费用亦较低廉。

迈哈米德已荒废的谛杰姆(Tighermt)古堡便由未经窑烧的黏土砖砌成，内有井水，挡风遮阳的功能极强，能为在干旱沙漠四处寻找水源，或因沙尘暴而不得不迁徙的游牧民族提供和平的避风港，过往曾经保护游牧民族与动物不受寒冷、烈日、干旱与各种威胁的伤害。“tighermt”柏柏尔语意即“强壮的屋舍”，可容纳五十人同时居住。

然而，土夯建筑正迅速被淘汰，人们偏好水泥砖块的现代建筑，专职师傅亦逐渐减少，贝桑四哥在观光业打滚许久，建议我们盖现代建筑，除了较能防雨，也更能吸引观光客。

想到沙漠地区并不生产水泥与红砖这些“现代”建材，加上运输费用，价格颇为高昂，考虑有限预算及绿建筑的梦想后，我坚持采用传统土夯筑屋法，一切以自然建材为主，只有地基采用石块水泥及铁条，即使大水淹来，土墙也不至于崩坏。

而从地基工班、民宿土墙工班，到屋顶及内部装潢工班，我目睹了一栋屋舍如何经由传统建筑手法，从土里缓缓捏塑而生。

糅合了大地与劳动的土夯建筑

家族老宅后方的空地上，长期以来唯有杂物与一座破旧且不时飘着骚味，以土砖、木条与麦秆搭建的简易羊棚——贝桑家虽因干旱定居梅如卡，走入观光业，家中依然饲养着几头羊儿——外加数道将偌大空间切割得破碎凌乱的低矮土墙。

贝爸同意我们拆除羊棚，移到民宿墙外，我们同时决定拆除那几道矮墙，清出完整空间，重砌一道土墙，将民宿与家族活动空间区隔开来。

沿着外墙，我们将依序建造六间客房以及沙龙与厨房，中间则为庭院。如此一来，外墙可抵挡风沙太阳，保护客房与庭院植物，融合古堡“卡斯巴”与安达卢西亚庭院风格。

首先运来的是兴建地基的水泥和大石块。

望着工班在艳阳下挥汗，沿着我和贝桑在硬邦邦土地上画出的线，只觉往土底牢牢打去的，是我在沙漠埋锅造饭的决心。

地基盖好后，贝桑打电话请司机运砌墙用的建土。

还记得那是清晨，天微亮，我听到墙外传来引擎声，开门一看，一辆卡车正缓缓将一整车土壤倾倒在门前，待土壤落地，司机迅速倒车，跑得不见人影，连工资都没领。据说这些建土来自邻近一带的空地或是干枯的湖泊，政府虽未明文禁止，但若遇到警方盘查恐被刁难，所以司机总选在破晓或日落时分送货，生怕引人注意，一旦任务完成就赶忙离开。

贝桑找来几个家族壮丁，一锄锄敲下羊棚土砖墙，羊儿纷纷好奇探看，贝爸也没闲着，赶忙喂羊、清理羊棚内部。

不一会儿，贝桑哥哥的儿子们也加入拆除大队，只见十来岁的男孩身手矫健地爬上矮墙，抡起锄头，精准地一块块敲下土砖，另一个男孩忙着用推车将土砖载到新羊棚预定地，年纪更小的男孩则帮忙搬土砖。

粉尘弥漫中，孩子们在阳光下劳动着，那不是“工作”，而是以身体、以人类发明的工具，正跟土地玩耍呢。家族小孩习于身体劳动与团队合作，在拆除土墙的爆发力里，在搬运土砖的律动中，身体与劳动所展现的是土地的能量，也是贴近自然的脉动。

不多时，陈旧羊棚随即倾圮，整个空间瞬间清朗，允许梦想的种子在此发芽。

敲下的土砖成为散落一地的碎土，男人们拉来水龙头，注入清水，均匀搅拌，坚硬碎土随即化为湿润黏土。贝爸仿佛见着老朋友般，双手捧起，满是感情地将之放入长方形木制模具，以手压实，重新做出一块块完整土砖，待太阳将土砖晒干，即可用来砌筑新羊棚。

传统土夯建筑相当坚固，成本低，一旦倾圮，尘归尘，土归土，不留下垃圾，亦可重复利用。

等待新塑土砖变干变硬的同时，众人慢慢清除院里的陈年杂物，原本凝滞的能量也流动了起来，所有人都不自觉地笑了。

傍晚，男人们收工，拿起水龙头洗去身上污泥，每一滴水莫不落在即将用来盖民宿的建土里，没有一滴水被浪费掉。忽地，我心中一个念头闪过：土夯建物制造者其实是大地、阳光、水与风，尔后才是人的劳动。

缓工关键在于“人”

接下来，土墙工班上工。

夯土师傅每天上午带着工班前来，多时四人，少时两人，视当天工程而定。师傅先将两条长长的木制模板固定在地基上，形成长条形模具，待助手以手织草篮将黏土一篮篮倒入模具中，师傅再以木锤夯实。带着湿气的黏土夯成一层土墙后需静置一到三天，待黏土干燥、土墙硬化，才能再往上夯一层。

师傅傍晚下工后，贝桑爸妈会来巡视，欢喜地抚摸甚至拍打建筑中的土夯外墙，对土墙的坚硬厚实相当满意，露出骄傲的笑容。贝爸更里里外外忙个不停，又是搬运建材，又是整理庭院，开心地参与其中，见老人家笑了，我心里也踏实些。

然而，整体工程进度远比想象中缓慢，走走停停，说好送建土来的司机到了约定时间却不见人影，好不容易接了电话又语焉不详。没建土，工班来了也没用，自然离去。

终于，某日傍晚，神出鬼没的司机忽地载来一车建土，贝桑赶紧打电话给工头，虽然天都黑了，工头还是赶来将水和土壤混合，潮湿的土壤需静置一夜才能筑墙。本以为隔天就可以继续，想不到竟然轮到工班失踪，甚至拒接手机，足足让我们空等好几天后才翩然出现，连句解释也没有。

我经常处于五里雾中，从不知工程何时可以持续进行，何时又会突然中断。

有天，工头向贝桑告状，说他在清真寺遇到司机，问对方为什么迟迟不肯送建土过来，司机原先支支吾吾，最后恼羞成怒，说他不可能载土来给我们，还威胁工头不可以帮我们筑墙，因为地方小官正在注意我们，谁帮我们谁倒霉。

贝桑和工头推测，应该是司机接了太多订单，消化不完又不肯放，才会一再食言。至于司机口中的“地方小官”呢，还真有这么一号人物。据说无论扩建或翻修自家屋舍都必须向地方政府申请许可，虽说递件免费，但谁都不知何时才能拿到许可，村民抱怨连连，却也无可奈何。

我很困惑，村里明明好几间水泥洋房，楼高好几层，这些人的建筑许可哪里来的？

众人给我神秘的微笑，暗示我那都是“台面下的交易”，外人无从得知。我说：“如果贿赂就能盖房子，那你们直接告诉我该给谁多少钱好了。”大家纷纷摇头，直说贿赂是犯法的，政府抓得很严。

呃，那么那些人到底是怎么拿到建筑许可，成功盖房子的呢……

工程断断续续。时常，贝桑一早醒来，没见到建土也没工班，电话开始一通一通地打，催司机、找工头。顺利时，工班平均每两三天上工一次。

在无尽等待与不确定感的折磨中，好不容易，土墙只剩最后一层便可搭建屋顶，工班竟然失踪了！

贝桑赶紧打电话，三催四请，工头回答模棱两可，唯一确定的是今天不可能来。贝桑气极了，说："工班不做，我自己来！"随即打电话叫朋友来帮忙，两人拿起工班留下的板模、草篮和大木锤，爬到墙的顶端，忙活起来。不仅引来邻居好奇地趴在矮墙上观看，连贝爸都来帮忙修补装土的草篮。

两人刚刚夯完一小块土墙，一位陌生的先生来了，贝桑从墙上下来和他谈了许久，失望收工。

原来，陌生先生就是传说中的"地方小官"，特地跑来"关切"，还对贝桑说："这工程也进行好一段时间了，不管你们筑墙的真正目的是什么，我就当屋舍内部整修，给你们一个方便。我已经很宽容了，但你们得低调进行，三两天施工一次我还可以接受，天天施工可不行，太张扬了。"

一番话听得我一愣一愣，完全无法理解当地风俗里的逻辑，只能接受。

既然无法施工，我和贝桑干脆进城采购屋顶与天花板所需建材。

我们搭车前往四十公里外的小城里萨尼(Rissani)，贝桑问了几个人，顺利找着建材专卖店。铺子外观毫不起眼，走廊下凌乱地堆放数捆麦秆，一身长袍的老板坐在门口打盹儿，被我们的脚步声惊醒后随即起身,笑容满面地打招呼。

随着老板走入店内,只见木条依长短粗细分区直立靠在墙上,穿过中庭,一院子木头、芦苇与麦秆在阳光下闪闪发亮,我竟一阵悸动!

所有从土里长出来的,莫不是大自然的美好赐予,也似乎唯有传统建筑形式才真能珍惜凸显这份大自然的绝美礼物。我们规划建造的一间小房屋顶所需的木条约五米长,一棵树需要几年才能长到五米高?我真的不知道。

待我们选定、付费后,老板帮忙找来了货运司机,见着工人合力将木头一根根抬上车,接着是一捆捆芦苇与麦秆,我深深感受到人活着,每分每秒都在蒙受天地的赐予。

豪雨的启示

外围土墙建好后,还得决定大门方位。

北面土墙外是一条宽敞大路,虽未铺上柏油,车辆往来频仍,也是雨来时的“河道”,水会沿着这条路流向不远处的棕榈树园。

讨论后,我们决定在北墙上打一道门,面向宽敞大路。

墙外一棵数十年的美丽柽柳恰巧就在门中央,贝桑四哥认为这树不值钱,插枝即可繁殖,移植活不了,砍了算了。我舍不得,坚持原树保留,无论树种是否“值钱”,“时间”都无法购买,更不愿意任何一棵树因建造民宿而倒下。

四哥对我们民宿唯一的“贡献”便是建议源源不绝，偏偏他下的指导棋与我的梦想总是反方向。双方坚持不下，幸好工头经验老到，建议缩小房间大小，将大门稍往左移，如此一来，一走进大门便能看到宽阔庭院，整体感更好。

只见工人费力将土墙凿出一个大洞，再细心熟练地用土块铺成方便卡车出入的小径。贝桑找来一块废弃的门板，权充临时大门。

民宿终于有了正式出入口后，贝桑提议在土墙外再压一层土，堆高地基，以免大雨来时，路上积水，侵蚀土墙。

我不以为意，毕竟沙漠少雨，我可还真没见过河流在沙漠泛滥成灾的样子。

不料数天后，忽地来了场夹带雷电的滂沱大雨，约莫一小时后，一条小河流过门口，孩子全跑了出来，欢乐地玩水嬉闹。

水的到来让沙漠不再枯槁，却也威胁人类屋舍。

突如其来的豪雨从家族土夯老宅的屋顶与大门缝隙灌进屋内，混着泥土的水流沿着土墙不断滑下，地板满是泥水，整间土屋似乎随时都可能崩垮。男人忙着用铲子将土壤铲到屋前抵挡水的侵袭，女人将屋里的水一桶桶往外倒。见众人手忙脚乱，我生平第一次如此强烈感受到，人活着，能有一个足以抵挡风雨的安全屋舍是多么奢侈幸福。

事实上，就连刚用土砖砌好的羊棚都难逃淹水命运，羊儿无辜悲戚地看着我，也益发让人担心已经筑好土墙但尚未盖屋顶的民宿客房。用手一摸，满手泥泞，感觉整面土墙随时都有可能瞬间在雨中归尘归土，化为乌有！这才明白为何村里人若手头有点闲钱，莫不建造水泥砖房。

过了一夜，水渐退，家族老宅周遭与庭院仍然满是泥泞与积水。男人用铲子和锄头挖出一条沟渠，将水慢慢排到院子外，就连七岁小男孩都奋力地用铲子将泥土铲入推车，再推到庭院，想靠自己的力量减轻积水。

我很好奇他会怎么将土掩盖到积水上。嗬！可惬意呢！只见他舒舒服服坐进推车里，边玩边笑地把土一把把拨到推车外，或往天上撒，偶尔落在身上的泥土只是让他玩得更开心！大人"保卫家园的工作"之于这孩子，是一场和工具、和泥土、和创意玩要的游戏，在不知忧愁，百无禁忌地把玩泥泞中，认识着水及土地。

我开玩笑地要男孩帮我们民宿筑土墙，一天工资一块钱！

他开心地点头，当天傍晚便跑来找我，一脸严肃又认真地说，他明早要上学，下课后就会立刻来上工！隔天一大早，他真的带着圆锹、推着推车来敲门，说他准备好了。贝桑要他回家，他哀怨地说："拜托让我为你们工作啦！我不拿钱，给你们免费做也没关系！"

一场豪雨，照见了"水"的问题在沙漠如此多层次。除了"干旱"或"缺水"，大水来时人们如何因应自然人文，与水相处？这当中呈现的是人与大自然的关系，以及人该如何因应这样的客观外在环境，与自然和谐相处，于天地安身立命。

这场豪雨也让我们当机立断，决定在民宿围墙外堆一层厚土，保护土夯围墙不受雨水侵袭。

待卡车将土送来，推土机随即上工，以保留下来的那棵柽柳为中心，几回利落来去，将土推到最能保护围墙的地方，筑成一个坚硬平台。如此一来，民宿外围可以种树种花，若遇大雨，就连土坊厝也不怕大水冲刷而倾倒！

专业的内部工班

总算，民宿土墙完工，内部工程却得再另觅专人。

贝桑打了无数通电话，无人能够上工。

这才听说地方小官之前时不时阻挠民宅工程，迟迟不肯核准建造申请，就和我们被刁难一样，直到前阵子村里某户人家进行房屋增建，地方小官恰巧巡到，撞见夯土工人站在高墙上施工，厉声要工人马上下来，工人受到惊吓，一个不小心失足摔下，一命呜呼。这下小官麻烦上身，被抓去蹲牢房，所有人趁着新官尚未上任的空档大兴土木，导致建材供不应求，所有建筑工人都忙得不可开交，连工资都上涨了。

贝桑四处打听，终于找到了专精饭店建造工程的阿吉师，由他负责搭建屋顶、门窗安装、抹墙、卫浴建造与水电等内部工程。

敲定工作内容与费用后，过了几天，阿吉师带着徒弟前来。师徒二人相当专业，一来就在土墙上搭建屋顶，两人合力将一根根木材往屋顶放，再涂抹混有麦秆的泥土作为初步固定。徒弟在墙边向上抛丢一块块红砖，在屋顶的阿吉师熟练地接住、安置，尔后徒弟再将水桶装满混有麦秆的泥土，用绳索拉上屋顶，手法相当传统且依赖人的劳动。

每天清晨天刚亮，他们师徒便来上工，约下午三点收工。阿吉师出身游牧民族，干旱迫使全家走入绿洲定居，先前卖过化石、当过骆驼夫，约莫二十年前，在一场因缘际会下，他跟着一位老师傅习得了建造屋舍的专业知识，这才找到自己的一片天，让天生的艺术气息与对美的直觉有了更大的发挥空间。村里有能力依照饭店规格建造屋舍的师傅仅三四个，据说阿吉师是当中最厉害的。

阿吉师说："我的工作就是盖土坊厝，传统房子有许多现代水泥屋没有的优点，冬暖夏凉，很舒服！相反地，水泥屋一到夏天，整个墙面烧烫得跟火炉一样。"

待屋顶盖好，一走进去，我立刻感受到一股极为温柔细致的清凉涌来，好像走进大地怀里那般叫人喜悦，仿佛地球正给出全部的爱来拥抱着我。

手工地砖与化石洗脸台

民宿客房雏形渐具，我希望能在预算内打造一座美丽、雅致又有独特风格的空间。以地砖为例，现代屋舍多使用欧式瓷砖，可我偏好由专业师傅一块块手工制成的传统地砖，更希望"在地需求，在地解决"。

我们一大早就搭车前往里萨尼订购传统地砖，只见小小铺子里满是粉尘，三位师傅正在工作桌前忙着制砖。一位师傅熟练地用刷子清理正方形铁制模具，放在桌上，接着将花型铁制模具放在正方形模具里，依照想要的图案缓缓倒入颜料，轻轻摇动，好让颜料均匀分布，随即取出花型铁制模具，这时地砖已有花纹，师傅再度轻摇模具，撒上干水泥直到满，再放上一块与模具吻合的铁制物品，最后整个送入机器里重压数秒再拿出，依序拆解模具，一块传统水泥地砖即制作完成，静放数日，干燥后即可使用。

虽然师傅们制砖经验丰富，店内地砖样式却极少且不够精致。我在网上参考台湾早期花砖与北非传统地砖后，与师傅商量样式，但迟迟无法决定。陪同前往的四哥指着墙上一个模具，问师傅："你怎么不跟她推荐这一款就好？比较省事。"师傅摇头："不适合，她不会喜欢的，她的品味和大家的不一样。"

最后，师傅答应为我们特制淡绿、水蓝与藏青色地砖，绿色地砖上有类似花朵的图案，含藏"天堂岛屿"及绿色生命的期盼，有水，有生命，铺好后将宛若漫步绿意绽放的大地。蓝色系地砖则有星星图案，让客人与星空同眠。

近一个月的等待后，地砖终于送来，整体效果又像灿烂星空，又像花团锦簇，非常漂亮！而就在地砖送达当天早上，贝桑妈妈梦见一团绿色的像宽大衣服的东西，从民宿大门飘进来，然后她就醒了。我和贝桑一听，不约而同起了鸡皮疙瘩，只觉这梦是个美好预兆！

至于浴室，我想安装化石洗脸台，毕竟撒哈拉是化石产地，没有什么比化石制品更能呈现沙漠特色。寻寻觅觅后，终于让我找到了不规则状的化石洗脸台，如实展现生灵万物的独特唯一与彼此间的和谐关系。

关于化石的开采及使用，我心里是有矛盾冲突的。撒哈拉曾是大海，所蕴藏的海洋古生物化石成为游牧民族向观光客兜售的商品，以养活一家大小，然而化石一旦开采，一去不再，正如所有矿脉。

我将每颗化石视为大地之母由胸脯掏出的礼物，珍贵特出。领受这份来自撒哈拉的礼物，只愿善加利用，让民宿空间拥有最美的流动，让住宿者宛若走进撒哈拉的怀抱与美，活在大自然的奥妙神奇里。我相信大自然幻化无穷的力量将在这当中默默做工，形成难以想象的美好影响。而我该做的，不过是虔诚撑起一个空间，让这一切发生。

大门前种树

厚土保护了土夯围墙不受雨水侵害，也让我们得以在民宿大门前种下一排棕榈树。

整个家族里最渴望种树的，大抵就数我与贝爸。当工人在前头挖洞，准备种树，他老人家无比悠闲地斜卧在树荫下欣赏，一边沉浸在家里即将多几棵树的欢乐中，一边和工人聊天。

终于，一排美好壮硕的棕榈树种好了，宛如卫兵般守护着

“天堂岛屿”民宿与它所酝酿的梦想计划。

一早，贝爸已经在大门口棕榈树旁，充满爱意地撒下种子。

隔了几天，老人家甚至掏出自己卖花草茶好不容易攒下来的私房钱，买了十株迷你树苗，亲自种在棕榈树苗旁。孙子们要帮忙，他不肯，生气地把孙子全部赶走，直说小孩子不懂，只会捣蛋。

只见他坐在地上，用大锄头一锄锄地亲自挖出种植迷你树苗的洞，种下后，再慢慢地提水桶取水、灌溉。

绊绊磕磕的起步与经营

费了九牛二虎之力，烧光所有积蓄，民宿终于完工，我们取名“天堂岛屿”。

贝桑出身沙漠，我来自岛屿，愿这空间能够创造撒哈拉与台湾之间的联结，更愿这座在沙漠建造的民宿与陆续推动的各种行动充满了生命与美好的流动，宛若沙漠中的绿洲、天堂，让建造的民宿绿意盎然，让所有旅者访客发出赞叹。

刚开始，民宿的营运相当困难，我们不知如何揽客，对于食宿服务只有模糊概念，还得应付野心勃勃的四哥。

整间民宿可说由我和贝桑一手打造，贝桑家族提供的协助极少，我们好不容易撑起一个稍可营运的空间，还在摸索如何做生意，四哥便侵门踏户，不时自行带客人前来入住，但无论他向客人收了多少住宿费，永远只给我零头，说是帮助我们打广告。

有一回，四哥要我们整理两间客房给他带来的四位西班牙客人，还不忘得意地说，这四天三夜行程已经让他收了对方数千欧元。数天后客人离去，四哥也忘了说过的话，支付食宿费时竟委屈地说，客人是西班牙旧识介绍来的，他只拿人家几百欧元，但他愿意尽力补贴我们云云。

四哥带客人回来时永远以“民宿主人”自居，仿佛整间民宿由他一手创建，偏偏支付食宿等基本开销时总把账算到我们头上。有一回客人不过偶然称赞我们挂在沙龙墙上的手织地毯，四哥二话不说，豪气地把地毯拿下来送给客人。我和贝桑当场傻眼，毕竟这地毯是我买的，他竟连问都不问，直接送人！四哥见我一脸震惊不悦，说他会还我地毯的钱。想当然耳，我至今一毛钱都没收到。

很快地，四哥不时带客人来使用民宿，或在沙龙喝茶，或使用客房洗手间，偶尔过夜，但几乎不会给我们任何费用，愈来愈把整间民宿当成他的个人资产，我和贝桑逐渐被挤压到边缘。

然而，民宿所有开销依然由我一人支付，若贝桑要求四哥分摊，他总有办法推辞。面对四哥种种蛮横霸道的行径，贝桑虽然不悦，但由于个性软弱且相当重视亲族情感，根本无力阻挡。

一天，两兄弟终于爆发激烈争吵，为了一个我想不到的原因。

那是个冬天，四哥带了三位西班牙旅客入住，白天驾驶越野车驰骋沙丘，晚上回民宿用餐、过夜。餐前，四个人在沙龙喝起了客人从西班牙载来的酒，成为民宿营运以来，首批在这空间内饮酒的人。

隔天早上西班牙旅客离去后，我们才发现沙龙桌上摆满空酒瓶，洁净崭新的绿色地砖上滴了许多红酒印。我无奈地跪在地上拼命刷。

贝桑不愿意客人在民宿里喝酒，恼怒极了，嚷嚷着要把西班牙人丢出去。四哥不以为然，骂贝桑不懂观光业运作，饭店即便未必提供酒类饮品，都不会禁止旅客喝酒，否则怎么做生意？钱就是钱，没道理把钱往门外推，若贝桑真要搞成这样，那么民宿就等着关门大吉吧。贝桑寸步不让，说他根本不稀罕赚这种钱。

两人吵得不可开交，终究不了了之，我则见识到了四哥的唯利是图。

除了四哥野心勃勃想霸占民宿当老板，偶尔遇着的欧洲背包客往往只想以低廉价格享受舒适空间，让民宿难有利润，因为该有的清洁打扫与水电支出完全无法省。

有一回，一位法国年轻人看完房间，一开口就说他只愿支付五欧元，但要独享一间卫浴齐全的客房，施舍傲慢的态度让贝桑很快就把他请出民宿大门。我不免困惑，这些欧洲人在自己国家会这么做吗？还是他们真以为沙漠所有服务都该像自然美景一样免费？

我也慢慢理解为何村内壮丁都不怎么搭理满头辫子、肩背登山包的年轻背包客。对他们来说，背包客很爱讨价还价，什么都想免费，还要特别服务，甚至只想单纯交交“在沙漠的朋友”，让他们累个半天却赚不到钱，是“肮脏的观光客”。

那对法国父女占尽便宜的行径同样让我瞠目结舌。

年约五十的父亲名为法兰索瓦，不到二十岁的女儿是个白净漂亮的少女。法兰索瓦和贝桑相识超过十年，曾经带来一团“很好的观光客”，在沙漠数天的食宿、导览、骑骆驼等行程，外加购买手织地毯，让贝桑赚了一笔养家费。从此以后，只要法兰索瓦回来，无论独自前来还是带着妻女，贝桑莫不奉为上宾，竭诚相待。

法兰索瓦自称“不是普通的观光客”，从不住饭店，只睡自己从法国一路驾驶前来的露营车，吃食简单，甚至就在他散居各地的“摩洛哥民间友人”家里用餐，不花一毛钱。

接连好几天，我眼睁睁看着法兰索瓦父女从古斯米(couscous)吃到塔吉(tagine)，喝茶喝汤，想来就来，吃饱喝足了就走。有时我们工作忙，只能到村里小餐馆买浓汤(harira)回来当晚餐，还得帮他们父女俩多买一份。

更惊人的是，他们总精准地在用餐时间翩然降临。我们在厨房忙煮饭，他们父女悠闲地在沙龙等吃饭、上网、打电话回法国联络事情，等晚餐煮好了，他们吃饱了，我负责清洗碗盘。

某天下午，民宿工程正忙着，他们父女俩不请自来，走进厨房，很明显在找吃的。贝桑见了没多说，进厨房煮茶、炒蛋，好让他们配面包吃。

很快地，他们前来用餐的频率逐次增加，不仅餐餐来报到，甚至外加下午茶。若我们实在忙不过来，没空下厨，他们便大摇大摆地去贝桑家族老宅用餐。

我很困惑，莫非他们把这里当成慈善收容中心？贝桑脸皮薄，认为他们不在我们民宿过夜，不可能收住宿费，又是多年好友，招待他们吃饭也是应该的，更何况法兰索瓦很穷，应该体谅他们。

嗬，或许对法兰索瓦父女来说，他们不过前来共享一顿古斯米或塔吉，甚至晚餐也才一碗汤，却未曾意识到，因为他们的出现，这个空间一天煮掉的，可能是沙漠男子在遇到观光客时一整天的收入，更何况现在并非观光旺季，贝桑又留在民宿招待他们，根本没钱赚。

即便是他们下午喝着茶，晒着暖暖冬阳，舒舒服服在民宿院子里享受宁静午后，看着筑屋工人忙来忙去，那壶煮来给他们喝的茶所用的瓦斯，他女儿在沙龙听音乐、看书、帮手机和笔记本电脑充电、悠悠闲闲地拍照发到脸书所使用的电，林林总总哪样不是钱，更不用说一间沙龙所能提供的美丽舒适背后，有着多少资金、劳力与心血付出。

事实上，一壶茶、一顿餐点、夜里一张温暖干净的床，甚至是一个热水澡，都可以是当地人提供给外客的服务，以此挣点养家糊口的费用。

法兰索瓦再怎么经济不宽裕，有能力从法国一路驾驶露营车直达沙漠，又会穷到哪里去？若谈朋友间的体谅，为什么不是他体谅沙漠谋生不易，民宿工程艰辛进行中、难以营运且目前根本难有收入，帮忙贝桑分摊一些，而是要在沙漠艰辛求生的当地人全然支付呢？

那一天，法兰索瓦父女甚至带了另一个法国人回来，说想借用民宿浴室洗澡。

贝桑婉拒，表明浴室只提供房客使用，法国人便要求看房间，直说我们的套房好漂亮，好可爱！问到收费，明明我们给的是正式营运前的友谊价，他还是坚持只想花钱洗个热水澡就走，因为他有露营车可以过夜。

贝桑二话不说，带他们去看家族老宅的雅房，说："我太太辛勤努力工作很久，我们才终于有钱慢慢盖民宿，到现在都还没有回本。如果你不想花钱住套房，那就来住老屋的雅房，可以洗冷水澡。"

对方一听连忙摇头，说冬天太冷，需要热水澡！跟法兰索瓦父女走出了民宿。

圣诞节紧连着跨年，正是沙漠观光旺季，观光业者莫不期望趁这机会赚点生活费，所有客房、营区、吉普车与骆驼出租费全都抬高。

那年，四哥在村里偶遇一位跟团来旅游的波兰女孩，两人相谈甚欢，四哥给了她名片，来年圣诞节前，波兰女孩经由网络与四哥联系，说要带妹妹与妈妈来找四哥进行长达五天的沙漠之旅。

为了避免订不到床位，四哥赶紧买了一顶大帐篷，虽说是二手货，但可供五人使用，如此一来，波兰女孩无须和观光客抢床位，夜里在沙漠还能有个舒适温暖的安歇之处。

大帐篷送来民宿时，我诧异极了，这顶帐篷之笨重巨大，真不知是哪个年代的东西，搞不好都够格进博物馆了呢！

只见四哥和贝桑在民宿院子里勤奋地拆帐篷、洗帐篷、晒帐篷，我却不禁怀疑波兰女孩能否接受这帐篷的老旧程度。但毕竟是观光旺季，资本不多的四哥能提供的最好住宿服务，就是这样了。

洗好的帐篷已在民宿院子晒太阳，波兰女孩却迟迟无法确定抵达日期，偏偏一到观光旺季，想要一头骆驼可是得抢着付钱预约的，哪可能随叫随到。

四哥希望波兰女孩尽快做决定、汇订金，不得不拿出仅存的“银两”购买国际电话卡，亲自打电话去波兰，是她妹妹接听，嫌费用太高。四哥火了，毕竟他给的是淡季收费，已算是相当优待。

接连数天，波兰女孩持续借由脸书和四哥讨论行程，先是嫌贵，接着又撒娇地规定四哥届时一定要全程陪伴，说她是特地来找四哥旅游的，忍受沙漠种种不便，带着挚爱的亲人走向一场冒险，心理压力很大。

四哥自幼失学，大字不识一个，为了说服波兰女孩尽早预约，只得额外花钱储值才有网络可用，还得赶紧找人帮他回复，其信息往返之密集，我都帮他回过好几次。

听他们这一来一往，连我都想问波兰女孩："说吧，你到底想要什么？想以最低廉的价格享受一趟绝无仅有的沙漠之旅，还是想跟沙漠男子调情，享受异国情调的暧昧？"

在波兰女孩连番挑剔四哥的行程与收费后，四哥终究放弃了这笔生意。整个讨论过于漫长耗时，利润相当微薄且对方迟迟不肯点头。

帮四哥回完最后的信件，我呆呆地看着依然晾在民宿院子里的大帐篷。

一点都不"理所当然"的服务

沙漠观光在梅如卡少说有四十年以上历史，早期游客需求较为简单，当地居民将自家屋舍整理过后，即可提供给游客入住，外加饮食、向导与骑骆驼服务等，挣点养家费。

少数当地人渐渐有了发展观光业的念头，那时沙漠土地并不值钱，游牧民族几乎可说是任意使用，有些人在沙丘附近找块适合的空地，或搭帐篷，或搭建简易小土屋，即可做起观光客生意。待收入渐丰，便将小土屋扩建成民宿，有些甚至发展成饭店，占地面积亦逐渐往外扩大。梅如卡多家大型饭店都是从小土屋逐渐发展成今日规模的。

逐渐发展中的沙漠观光业同样吸引欧洲人前来投资，向游牧民族购买或租用土地，盖起饭店。欧洲人拥有相对丰沛的资本与优越的经营条件，懂得建盖舒适优雅且附游泳池的饭店，也明了如何提供更受欧洲游客喜爱的旅游与饮食服务，在欧洲的既有人脉也让他们更容易拉到观光客，获益颇丰。

综观沙漠旅游观光发展史，甚至可说欧洲投资客的加入，大大提升了沙漠旅游观光的规模及质量，使之朝更专业化的方向发展。

至于当地人，也就是广义的游牧民族后裔，多半在产业边缘求生，或在大饭店打工、为饭店游客牵骆驼，有些则在游客上沙丘看日出日落时上前搭讪，趁机卖卖化石等。

极少数游牧家族成功走入观光业，早期或许从简易帐篷或土屋开始，慢慢发展成具规模的饭店，团队里的工作人员通常来自同一家族，除了家族紧密联结的传统，家族成员间的信任度较高且习惯团队合作，更因在沙漠发展受限，一旦稍有工作机会，自然肥水不流外人田。

经营良好的饭店业者多半同时发展相关产业，包括饲养骆驼群、搭建观光帐篷营区、投资纪念品店，等等，也因此，外国观光客来到沙漠，身边围绕的工作人员彼此往往有着或近或远的亲属关系。

随着网络住宿预订与旅游平台的出现与兴盛，沙漠弱势劳动族群的处境愈加艰难，未必如外界想象般，能从网络普及与愈加兴盛的国际旅游中获利。

游客来到撒哈拉，首要需求便是旅游期间的食宿。过去，村里男性常在村子入口或车站守株待兔，若自行驾车前来的游客或者搭乘大巴士抵达沙漠的背包客尚未预订住宿地点，村里男性便带他们前往合适的民宿或饭店，借此赚取微薄中介费，有时甚至还能说服游客骑骆驼、购物，获得较佳收入。

近几年网络使用越发普及，饭店自有官网可供在线订房，旅游平台提供多元选择，消费者愈来愈习惯在出发前做好所有行程规划并通过平台订房，以至当村里男性遇见这些不参加旅行团的自由行散客时，对方往往已经订好房间且约妥了所有旅游服务，GPS系统同样减少了游客对当地向导的依赖与需求。

当然，少数能力较强且较有企图心的年轻人确实成功借由网络改善经济，早在二〇一三年左右就嗅到观光业商机，因家境不丰，无饭店、帐篷或骆驼等资产，乃将仅有的资源用于网络经营，花钱请人架设网站，以专业导游自居，甚至自称饭店或帐篷业者，提供各种摩洛哥旅游服务，乍看之下，消费者极容易以为该网站来自一家经营有成的正规旅行社。的确，少数年轻人借由网站成功拉客，架构网站的费用更是逐年降低，然而随着大型旅游平台兴起，光有网站也难以招揽客源。

另一方面，削价竞争极度伤害小规模独立业者。

借由网络，消费者永远可以比价，挑选CP值（性价比）最高的选项，通常都以低廉价格为挑选要件，至于所享受的低廉价格建构在什么样的经济体系上，剥夺了哪些人的谋生机会，让谁获利，营造出何种旅游观光形态，对自然生态的影响，以及每一个苦苦求生的当地工作者肩上扛着多大一个家族的生计，工作者是否得负担年迈父母的医疗费、年幼孩童的教育费等，往往不为“旅行者／消费者”所知，即便知道了，也不影响“旅行者／消费者”的旅游兴致，毕竟“大家是来‘玩’的呀！他人的悲惨又干我什么事”呢？

不少旅游消费者往往以为，在沙漠，所有服务都应该“廉价”，不自觉认为民宿经营者应该给予坊间旅行社无法给的服务质量，精致、温暖、互动热情友善且收费低廉，否则哪管之前花了多少时间讨论都可一笔勾销，反正没有任何损失。

然而，沙漠里有太多事绝非外人想的那样“理所当然”，生活里有太多的“不得不”。旅客在资源相对匮乏的偏远地区享受到的服务、舒适与便利，往往建构在他人的服务与付出之上。

当村里除了旅游服务再也找不到其他挣钱机会时，我每天眼睁睁看着这些在沙漠辛苦求生的游牧民族后裔，想尽办法，善用自己仅有的资源去给出所能给的最好的观光服务，真的只为挣口吃饭钱，就连回个旅客信函，哪管对方写的是英文、法文、西班牙文甚至德文、意大利文，这辈子没有机会上学、目不识丁的他们，都得想办法动用所有人脉，找人帮忙回信，同时还要将辛苦挣来的钱，用来支付网络费用，只怕信回得晚，客人就跑了。

看着底层劳动者的付出与难以维生，外来旅客对低廉旅游及享受他者付出的理所当然，我心里的感触很深：这，就是我们的世界。

从旅客身上赚到的一点点利润，分出去之后，在地工作者得到的微乎其微，真真图个吃饭钱，让一个个“人”与“家族”可以在艰困环境中，活下去。

沙漠资源流动，宛若沙漠生态体系，就“雨露均沾”四个字吧，天空下了一点点雨，喂养了水草与棕榈树，好让羊群及骆驼有得吃，让人得以在沙漠怀里延续生命，一旦有人想独占，阻碍资源流通，便是整体系统的缓慢死亡。这样的集体生存模式，是来自水草丰足、追求致富与囤积的文明人所无法想象的。

“天堂岛屿”民宿约在二〇一四年春天动工，碍于资金有限，贝桑认为我们可以边进行工程边营业，长期以来，当地小规模业者都是先有一两间雅房可供出租，赚了点钱，再慢慢扩建。

但我认为时代变了，观光客对食宿及旅游体验的要求越来越高，既希望能在沙漠享受都市现代生活的舒适便利，还要有都市没有的沙漠风情，更何况观光客行前多半会参看网络平台信息与照片评估，若民宿硬件差强人意，甚至活似工地，便很难受到观光客青睐，因此二〇一五年十月回沙漠后，第一件事便是完成民宿建造工程。

完工后，很自然地，民宿具有某种“基地”的意义。偶有欧洲游客入住，贝桑会试着推销骑骆驼或导览等行程，就连贝桑的哥哥们都会带客人到民宿沙龙商谈旅游行程，虽然扣除成本后仅得蝇头小利，但在梅如卡这极度仰赖观光业的偏远地区，有了这么一点点基础，确实让贝桑家族多了些在恶劣环境寻找生机的可能，甚至有个能和旅客“谈生意”的正式空间。

面对现实生存，我决定调整方向，将重点放在导览而非食宿，让“天堂岛屿”成为一间不仅仅提供食宿的民宿。

另一方面，建造“天堂岛屿”民宿的过程改变了我与土地的关系，让我对来自大地的赐予以及土地对生命的支撑有了更深刻具体的领悟，连带也强化了内在稳定性与那份宁静。

这块土地对我有股神奇魔力，好些过往会让自己在乎或担心的事，甚至是长期没有任何进账却不断烧钱的金钱焦虑，一放到天宽地阔的沙漠，总觉那真的也没什么，因内心有着来自土地源源不绝的爱与支撑。

总是这样，当我愈加渴望为人及土地做事，首先从中获得改变与成长的，永远是我自己。

↑↑正在建造地基的工班
↑帮忙拆除土墙与羊棚的家族小男孩

↑↑贝桑与亲友把从羊棚敲下来的土壤与水混合，放入木模，制成土砖
↑院子地上散落着作为建材的芦苇

正在夯筑客房外墙的工班，
一层层土墙清楚可见

里萨尼建材专卖店，木头、芦苇等在阳光下闪闪发亮

↑内部工班师徒在铺设屋顶
←废弃门板做成的临时大门，以及我坚持保留的柽柳

工人费力将土墙凿出一个大洞，让民宿有了出入口

站在低矮土墙上，手拿梁木的贝桑

来帮忙处理芦苇的邻居小孩

豪雨一来，门前马路化为河流

手工地砖师傅与展示的传统地砖样品

地砖师傅为我们特制的蓝色和藏青色地砖，
以及用于沙龙的绿色地砖

梅如卡村子口的柏油路，一头通往大沙丘，一头直达里萨尼

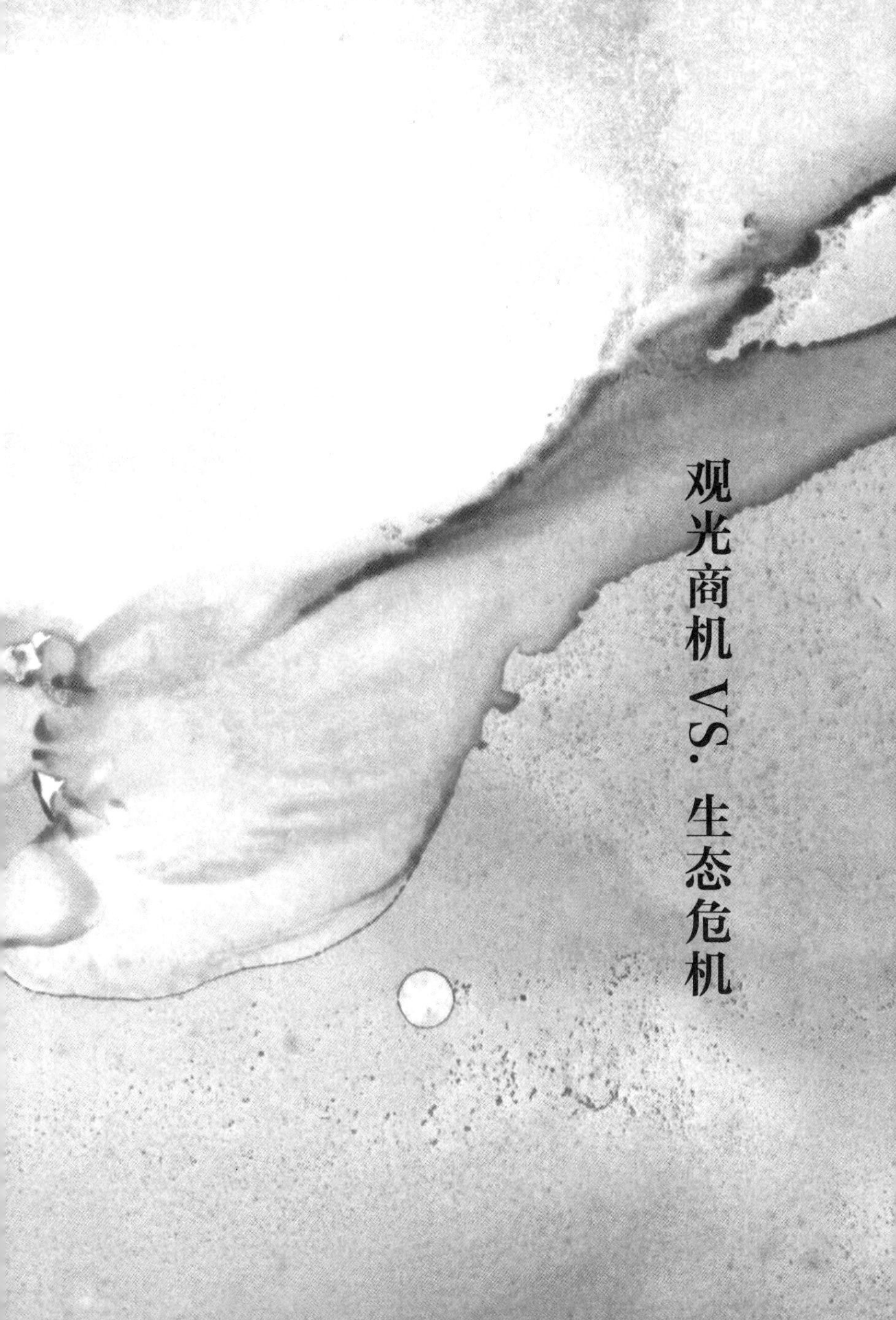

观光商机 VS. 生态危机

我住的村子梅如卡是位于摩洛哥南部撒哈拉沙漠的一座小型绿洲，人口稀少，紧邻阿尔及利亚边界，因拥有摩洛哥最高沙丘“切比沙丘群”(Erg Chebbi)而在约莫二〇〇〇年后成为观光重镇，国际游客络绎不绝，炎炎夏季则是摩洛哥人的沙浴时节。

有着典型沙漠气候的梅如卡夏季干燥酷热，最高均温可达四十五摄氏度，冬季则为二十摄氏度左右，年降雨量约五十九毫米，终年晴空朗朗，万里无云，因人口密度低，光害少，夜里星辰、银河与流星清晰闪烁，肉眼可见。

离梅如卡不远的切比沙丘群又称梅如卡沙丘群，金色沙丘群庞大壮观，长约二十二公里，宽约五公里，沙丘顶最高可达一百五十米以上。据说古早以前，一对孤儿寡母生活无以为继，无奈地向一户富豪人家请求协助，富豪人家拒绝，安拉发了怒，将这户富豪人家埋在沙丘下，成了Erg Chebbi。

梅如卡绿洲存在已久，却是个年轻聚落。自约一百多年前开始偶有游牧民族来此生活，随着干旱加剧，玫菲思(Mifis)与塔乌斯(Taouz)矿产开发及观光客到来，在绿洲定居的人愈来愈多，整个聚落才逐渐扩大。即便如此，自来水与电力供应不过约三十年前的事，在此之前，部落里的女性必须一如游牧人家，每日赶着驴子到农田水渠取水，村内的柏油路更是二〇一二年以后才陆续铺上的。

如今梅如卡主要大街的商家一半以上做观光客生意，纪念品店、咖啡厅、餐馆与沙滩车出租等，以及几家满足民生基本需求的杂货铺与肉铺，偶有外地摊贩。村里并无医院或诊所，唯有一间政府设立的医疗中心，第一家药房迟至二〇二一年后才开设。

由于人口因日益兴盛的观光业而增加，梅如卡已成这一带的区域泛称，确切人数难以估计，最热闹的主要街道有数百户，陆续有放弃逐水草而居生活的游牧民族前来落脚讨生活，有些甚至来自邻近小城里萨尼与伊尔富德。

来大沙丘旅游的观光客抵达梅如卡后，或骑乘骆驼，或搭乘吉普车，绕着沙丘群玩，不时也有驾驶沙滩车“冲沙”的西方旅客。入夜后则在星空下夜宿沙丘中的观光帐篷营区，清晨与傍晚再爬上沙丘，欣赏日出日落。

绵延二十几公里的大沙丘不仅为梅如卡带来源源不绝的外国观光客，到了夏天，摩洛哥人接踵而至，全为沙浴。

沙浴是一种盛行于摩洛哥、阿尔及利亚与埃及的传统民俗疗法，亦见于日本，在欧洲相对鲜为人知。这种温和疗法已存在数个世纪，沙子与阳光的天然热度以相对温和的方式让整个身体暖和起来，促进血液循环、加快新陈代谢且不会造成皮肤灼伤，如同桑拿般可帮助排出体内毒素，据说能有效治疗风湿、关节炎、腰痛、糖尿病、过度肥胖与皮肤病，但同样具有危险性，若不注意，可能引发呼吸不适与心肺疾病。

每年六月到九月是沙浴季节，村里穿梭着来自摩洛哥各地的游客，沙浴深受居住于北部湿冷城市的摩洛哥人喜爱，民宿、饭店或一般民宅，统统住满了前来沙浴的摩洛哥人，家家户户做起相同的生意。

每天清晨，当太阳还在沙丘后头懒洋洋地尚未升起，梅如卡的年轻人便已开始在离饭店不远的沙丘上，挖掘出一个又一个可容纳一位成人躺卧的窟窿，并等待艳阳高升，将沙丘上的沙子晒得烫人，最高温逼近五十摄氏度。

待一天中最高温时段已过，气温稍降，摩洛哥沙浴客纷纷前来，躺进热乎乎的沙丘窟窿里，再由梅如卡年轻人将同样被太阳晒得滚烫的沙子一铲铲覆盖在身上，仅露出头脸，并以布巾遮住脸部，避免晒伤。

沙浴一般躺十几分钟，最长不可超过二十分钟，这是身体能负荷的极限，其间由梅如卡年轻人协助饮水，补充水分。结束后，沙浴客会裹着厚重毛毯到帐篷里喝茶、清除身上的细沙与汗水，这时必须保持身体温度，不能受寒。

近年，沙浴逐渐打响名声，一到夏季，愈来愈多摩洛哥人前来梅如卡做沙浴，饮用撒哈拉原生植物花草茶与高营养的骆驼奶，新名词sablothérapie(萨布洛疗法，即沙浴)因而诞生。

同样因为邻近大沙丘而成为观光重镇的还有迈哈米德，位于摩洛哥南部区Souss-Massa-Drâa(苏斯-马塞-德拉大区，现苏斯-马塞大区)。摩洛哥境内另一知名大沙丘Erg Chigaga(奇加加沙丘)离迈哈米德仅约五十公里，整座沙丘群长约四十公里，宽约十五公里，高约六十米，堪称摩洛哥最原始广袤的沙丘群区，由于自然环境更为险恶，只能搭乘吉普车或骆驼进入，交通不便，观光客造访率低于梅如卡，却也能够体验更加原始自然的沙漠景致。

迈哈米德一带散落着数个聚落，是北非通往沙漠地带的隘口之一，据说过往曾是绿意满地的草原及绿洲。“迈哈米德”意指“瞪羚的草原”。

瞪羚是牛科的一属，为草食性群居动物，分布于非洲大草原、阿拉伯半岛及亚洲地区，身披米色及棕色皮毛，身形修长、四肢纤细且动作敏捷，一双大眼乌溜溜，雄羊角弯而长，深受阿拉伯人与波斯人喜爱，瞪羚的英文gazella即从阿拉伯语演绎而来，象征美丽、高雅与轻盈，引发诗人无限的创作灵感，据说旧时哈里发喜爱到甚至会在宫中放养瞪羚。直到今日，仍可在阿拉伯通俗情歌中听见以瞪羚来形容自己心爱的女子。

迈哈米德虽早已不见瞪羚，从地名仍可想见当年这一带水草如何丰足，瞪羚自由地灵动跳跃，人们对这儿的爱就像对瞪羚的一般。过往水草丰足的年代在迈哈米德老者的叙述中同样历历在目。

今日的迈哈米德虽仍是绿洲，但较以往更干旱，降雨量极少，为典型沙漠气候，夏天高温可达四十几摄氏度，冬天最低温仅仅四摄氏度，温差极大，沙尘暴更不时席卷当地。

毫无疑问，撒哈拉美景瑰丽绝伦，撒哈拉生活却远非外人所想那般充满浪漫异国情调。除了连年干旱、工业垃圾、水资源分配不均、棕榈树疾病与年轻人高失业率等，已成经济命脉的观光业从来也不是无污染产业。

外来者的频繁造访带来了沙漠脆弱生态难以消受的垃圾，污染原本洁净无瑕的沙丘，危害沙漠里的野生动物，连带影响考古遗址等文化遗产。全球暖化与无法遏止的土地沙漠化持续困扰当地，政府无力针对观光发展与自然生态平衡进行整体规划，更不曾提供专业导游训练课程给从事观光业的当地居民。

在梅如卡，观光饭店沿着大沙丘如雨后春笋般矗立，大量游客与车辆四处横行，饭店过度取用沙漠水资源，使用后的废水在未经任何处理的情况下任意排向沙漠。种种观光业对生态造成的冲击，早已不是新闻。此外，酒精亦随着观光客走入当地人的生活，这一切莫不冲击着游牧传统文化，也让沙漠生态雪上加霜。

从黑帐篷到白帐篷

沙漠观光发展初期，梅如卡提供给观光客的住所只是简易帐篷与小土屋。有些游牧民族提供自家帐篷让旅客使用，赚取住宿费。有些人将自家屋舍整理出可让游客入住的空间，并在沙丘群一带搭建几间小土屋，做起民宿生意。

慢慢地，观光客不再满足于饭店或土屋，想更加亲近沙丘与旷野，一旦商机显现，自然有人以此为业——在沙丘群一带搭建了专门提供给游客入住的帐篷营区，生意逐渐兴盛起来。

游牧民族将骆驼毛织成长方形织物后，每到一地扎营便以木条撑起，作为栖身的帐篷。初期观光营区的帐篷形式简单，接近游牧民族的传统黑帐篷。篷内以木条支撑，照明采用蜡烛，使用井水且无卫浴，篷内沙地上仅铺一条廉价地毯，再放上薄床垫、靠枕与毯子，入口则挂着一张地毯权充门。客人坐在回收的破旧桌椅上，晚餐是简单的塔吉，早餐则是隔夜面包与茶，天热时还得边吃早餐边赶苍蝇。若需要如厕，就自行在沙丘找个没人的地方解决，洗澡洗头得等回到村里才能进行。

二〇一一年我在梅如卡住的帐篷形式便是如此简陋，整座帐篷营区毫无现代照明设备，抬头才知繁星璀璨。后来想上洗手间，业主示意我往沙丘走，本想找个无人角落，却发现月光皎洁，让人一点儿隐私都没有。

到了晚上，业主生起营火，众人围着火光唱歌、聊天、取暖，那也是整个营区最光亮温暖的地方。夜里，我躺在薄薄床垫上有些寒凉，掀开垫子一看，底下是廉价地毯，再掀开来看，即沙子。我躲回被窝，帐篷外，悄然无声。

第一次如此亲近寂静辽阔的自然，远离现代生活，我竟有些害怕，最后在不知不觉中睡去。隔天天未亮，骆驼夫来唤我起床看日出，一睁眼，我只想开心地大叫："天哪，我还活着！"

还记得那时我走出帐篷，一步步踏在因夜凉而寒冷的沙丘上，感受日出如何让这世界亮了起来、暖了起来，忽地明白，原来生活可以这么简单，不需要那些繁文缛节或现代设备，都可以好好地"活着"。

二〇一四年年底，我再次回到梅如卡，沙丘群里的帐篷营区数量明显增加，设备提升，睡的床是有床架的弹簧床，也出现简单的公共卫浴。

二〇一五年，我已回沙漠定居，有天贝桑带我到沙丘后方走走，我赫然发现帐篷营区已扩散至极为偏僻的荒野。贝桑带我前往一座刚搭建的营区，他有位亲族在那儿打工。该营区在当时堪称创举，一顶帐篷就像一间小套房，内附独立卫浴，不仅有热水可洗漱，连洗脸台都是化石做的，架着弹簧床垫的则是美丽的铁架，地上铺着手织地毯，帐篷内还有木制家具，看得我瞠目结舌！

贝桑亲族说，老板下了重本投资，光将这些厚重家具载到荒野便花了不少钱，更不用说每顶帐篷都得建一套独立卫浴，成本极高。好在这等豪华营区极受欢迎，住宿费高昂却日日高朋满座，让老板日进斗金。

进入二〇一六年，形式更加豪华舒适的白帐篷出现了，宛若将五星级饭店搬到沙丘，游客蜂拥而至，白帐篷供不应求。同年，摩洛哥开放中国游客免签入境，数量大增的中国游客尤其喜爱豪华白帐篷，短短几年，豪华白帐篷沿着沙丘群外围散落，划分势力范围甚至争夺土地等事情，不断发生。

年过五十的哈桑在梅如卡经营一家大饭店与三座帐篷营区，约莫四十年前，他还是个十几岁的毛头小子，偶尔帮观光客牵骆驼便可挣得还不错的小费，日积月累，这份工作也让他慢慢结交了“欧洲友人”，这些“欧洲友人”若再回沙漠，往往帮哈桑带来更多客人。

二十几岁时，取得家族同意后，哈桑把自家在沙丘附近的土地整理了一番，在数棵高大的棕榈树下搭了几顶帐篷，专为观光客提供食宿与骑骆驼服务，慢慢攒了钱，盖起小土屋。很快地，哈桑整个家族全投入了观光业，小土屋逐渐拓建成附设游泳池的观光饭店，哈桑进而扩大经营，在沙丘群搭建帐篷营区。由于饭店就盖在沙丘群旁，一走出后门便是蜿蜒无尽的沙丘，符合观光客需求，这让哈桑不乏客源，甚至能接到欧洲旅行社与国际拉力赛的订单。

我问哈桑在梅如卡经营饭店的感想，万万想不到他说：“早年观光客的钱很好赚，现在饭店和帐篷太多了，到处都是，破坏沙漠的魅力，让沙漠都不像沙漠了，偏偏客源没那么多，根本僧多粥少。”

确实，蜿蜒起伏无尽的沙丘群既是撒哈拉的经典意象，更是将全球游客吸引到沙漠的最大卖点。地方政府意识到沙漠旅游观光的发展前景与危机，宣布从梅如卡村子外围直到塔乌斯之间的沙丘群禁止兴建任何建物，以保留干净无痕的景观。

然而，蜂拥而至的观光客莫不希望住宿地点离沙丘越近越好，最好能在身体不劳动的情况下，每日闭上眼之前看到的最后画面是美丽沙丘，隔天醒来睁开眼首先映入眼帘的依然是沙丘。“沙丘第一排”市场需求使然，饭店依然如雨后春笋般在沙丘群边缘出现，沙丘群后方则以帐篷营区为主。

无处不在的饭店与帐篷除了破坏景观、冲击生态，也开始与绿洲农民争夺水资源。

沙漠里的游泳池

只需稍稍跟在在这儿生活的人们身后，看着他们如何与大地共存，水之于生命的意义以及棕榈树对于传统生活不可或缺的价值，随即鲜明彰显。

摩洛哥大部分国土皆有缺水之虑。据联合国预测，到二〇三〇年，水资源需求将超过其供应量的40%。缺水问题在北非与撒哈拉以南国家尤其严重，摩洛哥将在未来二十五年里损失80%的水资源。据二〇二〇年世界资源研究所(WRI，World Resources Institute)针对全球一百六十四个国家的调查，在最受水资源短缺威胁的国家排行榜里，摩洛哥高居第二十二名。

气候变迁下，摩洛哥的干旱发生率从过去七到十年为一周期，缩短成两到三年。二〇二二年，摩洛哥面临四十年来最严重的干旱，苦于灌溉水源不足，迫使农民弃耕，数座水坝储水量更是达到史上新低，沙漠地带尤然。

遇上严重旱情，在国王穆罕默德六世的指示下，全国清真寺有时会选定某个周五进行祈雨祷告，于近午时分，由村子里的伊玛目带着众人在空地上礼拜，祈求降雨，贝爸生前也会参加。在极度缺水的沙漠，眼见雨迟迟不来，除了祈祷，还能怎么办？而观光客啊，永远不会看见这一幕，依然大方入住极度耗水、附设游泳池的大饭店，享受属于他们的欢乐假期。

饭店日常清洁与游客盥洗的用水量极大，不少观光客忘了这里是沙漠，早中晚共洗三次澡，耗费大量清水。此外，观光客既要享受沙漠的异国情调与浪漫风情，又想同时拥有现代生活的舒适便利。为了迎接尊贵娇客，梅如卡稍具规模的饭店皆有游泳池，好让观光客即便到了沙漠也能享受一池澄澈，而早期这些游泳池废水在排出前，并未经过任何处理。

另外，虽然家家户户皆有自来水，饭店为了节省水费、获得最大利润，往往自行在沙丘群外围凿井，将免费的天然水源自沙丘底层源源不绝地引至游泳池，再加上气候干旱等因素，导致坎儿井水位下降，绿洲农田灌溉水源不足，一旦弃耕者众，便是良田的死亡。

多年前便有绿洲农民抗议，请饭店业者停止凿井，不再使用沙丘里的储水作饭店清洁、客人淋浴及游泳池之用，虽经多次协商，业者仍充耳不闻，当地政府不闻不问且无法可管。

一旦绿洲农民无水灌溉祖先的田，便只能成为骆驼夫，带观光客一游沙漠，奢望以此换取一家温饱。现今几乎村里每户人家都有成员在观光业服务，和谐的人际关系关乎现实生存，村民对饭店业者凿井取水的行为只能睁一只眼闭一只眼。

类似情况同样在迈哈米德上演。沿着绿洲聚落的大马路，一座座宽敞、舒适、现代、便利的饭店纷纷冒出，多半附设游泳池。

一位在梅如卡经营多年的法籍饭店业者亲口告诉我，世界上不可能存在一座“环保的游泳池”。沙漠高温下，太阳曝晒，游泳池的水蒸发极快，不时得请工人清理落在池面的叶子；若遇沙尘暴，还必须排光池水才能清理堆积在池底的厚沙。她试过好几种回收泳池废水的方法，终究发现除了灌溉庭院里的植物，不可能有其他用途。

偏偏一座让游泳池缺席的饭店，很难吸引想来沙漠度假的欧洲观光客。“天堂岛屿”民宿经营困难，不时有人善心建议我在院子里设个游泳池，更容易吸引观光客。我很困惑，在缺水的沙漠建造耗水的游泳池，这简直就是“犯罪”，为什么人们如此理所当然地认为观光客的期望都应该被满足？

有一回，贝桑接到一组五位客人，说好在民宿内吃柏柏尔传统比萨，贝桑亲自煮了一大壶茶，准备服务客人用餐。

待客人抵达，其中一位法国女人一走进来就傲慢地说我们民宿不够好，坚持坐在游泳池旁用餐。她的摩洛哥夫婿尽力安抚、赔笑脸，无奈娇贵的法国女士依旧臭着一张脸，看什么都不满意。

贝桑火了，说我们都已尽力准备，茶与餐盘都特地为他们准备好了，我们卖的是比萨，不是游泳池，请他们把比萨带走，爱去哪里吃就去哪里吃！

看着一行人走出民宿大门的背影，我简直无法相信自己的眼睛。设备、环境和气氛的确影响用餐愉悦度，但美好氛围与浪漫情调往往是钱砸出来的，气候变迁已是当今最受瞩目的全球性议题，即便现下沙漠观光业前景一片看好，游客人数不断往上冲，我从来不确定如此好光景可以维持到几时。毕竟干旱问题不解决，极端气候发生的频率只会持续增加，更糟的是目前惯行的观光业操作方式对沙漠环境负担太大，我们这个世代正在预支未来世代的资源。

沙漠里的垃圾山

梅如卡不仅是观光客必访的旅游胜地，也是观光业如何造成环境污染的代表性例子之一。除了争夺水源的事情在绿洲农民与饭店业者之间悄然发生，让沙漠生态窒息的垃圾也随着观光人潮随处飘扬，加剧环境问题。

二〇一一年我服务于摩洛哥人权组织时，曾经前来梅如卡了解气候变迁与观光业对人及土地的影响。当时我便诧异地发现，只要观光客多的地方就是处处垃圾，塑料袋满天飞，骆驼夫甚至笑着对我说："你别看沙丘很干净，只要往下一挖，满满的啤酒罐。欧洲人很喜欢带着啤酒在沙丘上看夕阳，喝完后随手把啤酒罐埋到沙丘里，我们帐篷的垃圾也是找个没人的地方丢就好，反正垃圾带回去，垃圾车也只是搜集起来，同样载到偏僻的地方丢掉。"

我问："你们不怕沙漠处处垃圾，观光客不想来吗？"

"放心，只要一场风，就把垃圾统统吹向阿尔及利亚！"骆驼夫乐天地说。

那时我将沙漠处处垃圾的影像拍了下来，做成影音报道，在人权组织的网站发布，希望能引起更多人对沙漠生态的关注。

两个月后，我与人权组织上司慕禾恰巧一同回到沙漠，闲聊中，慕禾得意地对饭店业者分享我的调查成果，饭店业者却皱着眉头，担心地说："如果让外面的人知道我们梅如卡到处是垃圾，观光客就不来了。"

慕禾与我当场愣住，万万想不到得到如此响应，气氛相当尴尬。慕禾很快地告诉他，我们必须正视垃圾问题，否则有天当梅如卡整个沙丘群都是垃圾，不仅观光客不会来，更是破坏生态，一切都将无法挽救。幸好蓬勃发展的观光业让地方政府正视垃圾问题，进而改善。

同样地，二〇一一年我走访迈哈米德时，也在离聚落约两公里处赫然发现一座垃圾山，占地极广，臭气熏天，令人本能地闭气，不敢呼吸。当地居民于此任意倾倒可燃与不可燃垃圾，垃圾堆积成山，恶臭难忍，随处可见驴、羊与骆驼等动物的尸体。不仅野狗群在垃圾堆寻找死尸，大快朵颐，垃圾与恶臭更随着沙漠狂风四散。当地政府不处理垃圾，由居民自行解决，在这贫困偏僻之地，居民自是采用最经济省钱的方式：将垃圾丢弃在沙漠里。

据说从前沙丘干净美丽，毫无污染，沙漠传统生活完全不使用任何工业化产品，八〇年代，观光业逐渐兴起，塑料袋、玻璃瓶与铝罐等工业化用品随着观光客来到沙漠，造成极大污染。常年干旱让沙丘的形成更为迅速，一旦沙丘累积垃圾，往往阻挡风将沙子带往更远的方向，逐渐在垃圾所停留的地方形成沙丘且持续极长时间，若情况持续恶化，有天沙丘将大举侵袭绿洲。

向来只与大自然相处的游牧民族没有能力处理工业化垃圾，往往只是挖个洞，简单焚烧，就地掩埋，不利于自然与人体健康，近几年甚至出现一些之前不曾有的疾病。

观光业确实有助于地方经济发展，却未将垃圾处理纳入考量范畴，在沙漠中随手乱扔的塑料袋可以维持一世纪以上而不腐化，玻璃酒瓶则可能割伤赤脚行走在沙漠中的游牧民族。

事实上，直到今日，人类都不曾想出彻底解决工业化垃圾的方法，沙漠的特殊地理环境与自然条件，不过是让垃圾问题更加无所遁形。

疯狂的越野沙滩车

观光业堪称双刃剑，可以振兴当地经济，创造工作机会，将年轻人留在故乡，甚至吸引外来人口，却也破坏环境于无形。

除了游泳池，另一个危及沙漠生态的观光活动是横冲直撞的越野型沙滩车。沙滩车马力十足，可在各种地形横行无阻，主要消费客群以酷爱越野、扎野营的欧洲人为主。

为了追求快感与刺激，沙滩车肆意驰骋，罔顾制造的噪声、废气与扬起的粉尘，对沙漠生态摧残尤大。车轮碾过好不容易长出的植被，失去的便是沙漠野生小动物的粮食，土壤因车子压碾而越发坚硬，难以生长植物。尤其沙漠干旱不止，土壤愈加干燥浇薄，连带空气里的粉尘愈重，每当沙滩车队疾驶而过，扬起漫天粉尘，让人无法呼吸。

我常感荒谬，都市文明人为了逃避城市喧嚣与快节奏的生活步调而来到沙漠，却驾着沙滩车四处狂飙，享受极速快感，摧毁原有的静谧祥和。

沙滩车出租在梅如卡少说有十五年之久，由一位意大利人引进，当时他与当地人合作，以低廉价格买下梅如卡外围的荒地，盖了宽敞现代的长方形水泥屋舍，做起沙滩车出租生意，还娶了个柏柏尔女子。那时村里人笑他傻，沙滩车价格不菲，客群少，根本是赔钱生意。

怎知不消几年，沙滩车深受追求刺激的欧洲观光客喜爱，让意大利人赚得盆满钵满，还在沙滩车出租店旁开了家餐馆。

几年前他过世后，遗孀将沙滩车生意交给娘家经营，每个月坐等收钱。

这么赚钱的生意，所有人看在眼里，自然也想如法炮制。

二〇一一年我首次前来梅如卡时，贝桑家族老宅算是在村落外围，附近全是荒地，没几户人家。二〇一五年我回沙漠定居，民宿大门斜对面远方的空地被城里人买下，盖了三层楼高的水泥屋舍，将沙滩车出租与维修一把揽下。自此，一到傍晚，邻近一带车声隆隆，沙滩车车队正赶忙冲向沙丘看夕阳呢。

沙滩车出租店带来不少人气，附近接连开了餐厅、咖啡厅、观光用品店与白帐篷订购专卖店，汽机车修理店也一间一间地开，二〇一九年村里甚至出现第一家可购得欧洲食品的小型超市。

有一回，我和贝桑经过一处正在兴建的水泥屋舍，贝桑说那是碧霞饭店大笔投资，打算经营沙滩车出租。我不禁哑然失笑，想起艾里曾对我抱怨沙滩车如何制造噪声，甚至危及帐篷区客人安全，万万想不到，两年过去，连他也开始投资沙滩车了。

在旷野荒漠横行无阻的沙滩车，对脆弱的沙漠生态造成什么样的影响？多少生命在观光客恣意欢畅的轮下陨落？相关调查研究，我至今没见过一个。

二〇二〇年一月一日夜里，我听见家族羊棚传来幼犬嘤嘤哭泣的声音，赶紧拿着手电筒赶过去一瞧究竟，果然在羊棚角落发现一只在黑暗中瑟瑟发抖的小奶狗，我不忍，明知贝桑肯定不悦，还是将它带了回来，取名“憨吉”。隔天，一只灰蓝色幼猫走进民宿，见猫双眼感染，我破例收留，取名“豆灰”。

那时憨吉约莫一个半月大，豆灰稍大些，在豆灰姐姐的陪伴下，憨吉健康活泼地生活在民宿里，顽皮可爱，拥有一对奔跑时会随风“飞翔”的耳朵。约莫五个月大时，憨吉开始展现明显的守护犬性格，见流浪犬经过，即使那时身形稍小，仍英勇扑上前去，非把外来犬赶跑不可。

憨吉是中大型犬，时日渐长，需要的活动空间越来越大。我不忍将它关在民宿院子里，若绑在民宿前的树下，邻居小孩不时逗弄，惹得憨吉汪汪叫，同样不堪其扰。

贝桑虽对动物有爱，却不愿在民宿里养狗，一来民间传说大天使吉卜利勒拒绝进入养狗的人家，二来有些客人怕狗，希望将憨吉送给更适合的人家收养。

有天，贝桑说，沙丘后方某个帐篷营区需要一只守护犬，不如我们将憨吉带去，沙丘天宽地阔，憨吉在那里可以自由奔跑，有工作，有饭吃，有朋友，比成天关在民宿好。若憨吉不爱营区生活，我们再带它回来。

我明白贝桑的用心，虽不舍，仍让憨吉去营区上班。

好在，憨吉一到营区，如鱼得水，欢乐地在沙丘跑上跑下，到处交朋友，隔天我去看它，它热情地跑来跟我打招呼，随即巡逻营区，上工去了。工作人员很疼它，憨吉也很认真看顾营区，是条好狗，后来还结交狗友黑嘴，日子惬意得不得了。

本以为快乐无忧的狗日子将持续下去，二〇二一年十月廿八日，憨吉却走了，被欧洲观光客的车轮带走了生命。

二〇二一年，饱受疫情打击的观光业稍稍回温，首先出现的就是盛大的欧洲拉力赛。在每年定期举办的各项拉力赛里，沙漠是极为标志性的一站，赛车队在梅如卡村外扎营，贝桑三哥与村里商家便在拉力赛营区附近搭起帐篷，卖些观光纪念品，有些赛车手会骑骆驼，顺道买些纪念品。贝桑有时候会去帮陷在沙里的赛车手脱困，赚点服务费，大哥的长子专业修车，偶尔随车队外出工作，收入颇丰。这些工作虽说边缘且是暂时性的，点滴资源却也养活了一个又一个家庭。

那天早上，憨吉和黑嘴正在沙丘上快乐地玩耍，一辆欧洲赛车在沙丘上横冲直撞，离营区太近，很危险，憨吉冲过去想赶走赛车、保护营区，赛车手根本不管，直直朝憨吉碾去，憨吉瞬间倒地不起，所有人见状，冲了过去，赛车手明知撞到狗，连停都没停，扬长而去。

憨吉没有外伤，也没流血，很快咽了气，黑嘴伤心得好几天不吃饭，平时照顾憨吉的营区工作人员更是伤心得不得了。

没人知道到底是谁撞死憨吉，当然也没办法要他为憨吉的死负责。

如果连一只营区守护犬在众目睽睽下被欧洲赛车撞死且无人必须为这条骤逝的生命负责，悄然无息间，又有多少野生动物的性命因各种观光性质的车辆而陨落?

在梅如卡附近的柏油路旁，不时可见三到十岁的孩童们双手高高托举着一团浅色的毛茸茸的生物，朝往来车辆招揽着。

那是撒哈拉特有种耳廓狐(学名*Vulpes zerda*),世上最小型的犬科动物之一。生活在沙丘群里的它们有着一双神奇大耳与灵动大眼,听力敏锐,皮毛松软且带奶油色,漂亮细致。

耳廓狐为夜行性动物,为人类陷阱捕捉后却成为谋财工具,白天被小孩抓着,在柏油路旁和观光客拍照、赚钱,暴露在白灿灿阳光下与隆隆车声里,被迫成为沙漠观光产业链里的一环,让人不忍。有些孩子甚至不过三四岁,往来车速极快,险象环生,时有意外。

我数度想买下并放走孩子们手中的耳廓狐,但也知道,只要还有观光客愿意为了和耳廓狐拍照而付费,即使放了眼前这一只,也会有下一只失去自由。

一头骆驼赚得比一个男人多

几乎可说是摩洛哥的普遍现象了吧,干旱让撒哈拉游牧民族不得不放弃逐水草而居的传统经济形态。依据摩洛哥政府一九九四至二〇〇四年间的人口普查,迈哈米德的居民人数从八千五百零八人降至七千七百六十四人,减少约8.7%。

即便有了水源灌溉,土地也只种得出椰枣与一年一收的小麦,另以稀疏植被喂养羊群。农作物与羊群值不了多少钱,沙漠居民几乎只能仰赖观光发展来养家糊口,因此家家户户或多或少全与观光业有关系。

无论游牧经济或转入观光业,生存在沙漠向来残酷。观光旅游既已成沙漠经济命脉，创造为数可观的就业机会时，也让竞争愈来愈激烈。由于除了为观光客服务几乎毫无其他工作机会，旅行社与饭店业者剥削当地雇工成为常态。

迈哈米德的艾撒就曾对我说，带观光客到沙漠体验游牧生活，他得负责食物采购、导游并帮旅客烹调食物，一手包办所有事，一天工资却不过五十迪拉姆(折合新台币不足两百块)，而观光客支付沙漠旅游的价格，一整天的行程喊价有时高达五百到一千迪拉姆。观光业者、饭店主人与像艾撒这样的年轻受雇者之间的权力不平等及剥削关系，一目了然。若艾撒与饭店老板讨价还价，老板永远都能找到愿意让他剥削的人。

有一回，艾撒带几十个观光客前往沙漠体验游牧生活，整整七天又是刮风又是下雨，睡觉时观光客全躲在温暖干燥的帐篷睡袋里，任他一个人在外头吹风淋雨。七天折腾下来，他不曾有一句怨言，却难过于老板不曾思及他的需求，永远把他当廉价劳工，以超低工资剥削他。

观光客支付的沙漠旅游费用包含骆驼租用费及食宿等杂支，一到旺季，骆驼租用费水涨船高，骆驼夫工资却固定不变，意即一头骆驼可挣得的钱，远比一个男人挣的还多。每回骆驼夫跟着出团，期望的收入并非饭店经营者支付的工资，而是观光客“赏赐”的小费。

我曾问骆驼夫阿里走入这行前是否接受过相关训练。他摇摇头，手上不停整理，回答“就是边做边学”。

我问：“这样一趟出游，你得牵着骆驼在沙丘走上数个小时，还得帮忙煮饭，会不会觉得工资有些偏低？”

他说：“每回出团，即使只在沙漠过一晚，工作时间也将近二十四小时，累个半死，光是买头巾的钱就比工资高。”

我问：“不能穿一般衣服吗？那你喜欢穿传统服饰吗？有没有可能……”

阿里打断我的话，直率地说：“带团时，我根本不可能不穿传统服饰，观光客要的不只是沙漠，还要沙漠的魅力、沙漠的风情！”

是啊，当观光业已成偏远沙漠地区的主要经济支柱，当沙漠地理景致与当地传统民俗已成观光商品，传统服饰便是这些仰赖观光维生者的“工作服”。

我问：“为什么不要求老板抬高工资？”

阿里说：“所有骆驼夫都只拿这个钱啊，我如果不做，还有很多人排队等着抢呢！这地方除了当骆驼夫，几乎找不到其他工作了，更何况这种打零工的机会也不是天天有，只有观光旺季才有需求，所以只要一有工作，对薪水再怎么不满意，还是得做。”

我问：“你赚的钱足够负担自己的生活费吗？”

阿里说：“根本不够！所以我现在还住家里，偶尔在家吃饭，偶尔来这里帮忙打扫，可以用餐。身上一毛钱都没有的时候，家里的人会塞点钱给我，这种日子是不至于让人饿死，但活得不舒坦。”

我问：“你想过到其他城市工作，赚更多钱吗？”

阿里说："到外地工作，即使收入较高，但花费同样很高，我还是存不到钱，如果留在这里，家里人有个照应，偶尔打个工，生活还算过得去。"

在迈哈米德，旅游旺季时借由观光客住宿费与沙漠旅游等活动，饭店可维持一定收入，虽然扣除日常基本开销后，利润其实不高。但一遇淡季，尤其是沙漠气候极度干热的六月、七月与八月，完全不见观光客踪影，所有饭店将长达数个月毫无进账。

观光淡季时，平时在饭店工作的人多半作鸟兽散，各自寻找勉强糊口的打工机会，换言之，唯有少数饭店老板愿意提供固定薪资。一般来说，只有观光旺季饭店有进账时，员工才有薪水，淡季时，就算耗上一整个月帮忙打扫，一毛钱也拿不到。

对于敏感棘手的"劳工基本权益"，饭店业者认为，收入不稳定是所有沙漠观光业者的共同问题，外客不来时，饭店毫无收入，若还得支付员工薪资，加上水电等基本开销，根本没有任何一间饭店营运得下去。非观光旺季不雇用员工，或仅提供食宿不另给酬劳，因之成了某种不成文规定且行之已久。

此外，不少豪华饭店业者为英、法、德与西班牙籍，带着当地人穷尽一生都无法累积的庞大资金来做投资，无论装潢、建筑或整体规模，营建资本完全不是收入仅足以糊口的当地人所能负担的。

从“无痕”旅游到“另类”旅游

打从二〇一一年走入撒哈拉至今，撇除疫情不谈，沙漠旅游观光业前景可说一片看好。但游览车虽载来一群又一群蜂拥而入的国际观光客，所有人却骑个骆驼、拍个照就走，改变了游牧传统，也冲击脆弱的沙漠生态，而且真正赚大钱的依然是资本雄厚的大财团饭店与大型旅行社。

在自己土地好好活着是游牧民族的梦想，随着极端气候益发激烈，夏季热浪冲击欧洲各国，观光业对沙漠环境的破坏越发尖锐赤裸，制造惊人噪声、扬起大量粉尘且横行无阻的沙滩车数量暴增，大饭店游泳池不知节制用水，喧嚣人声与轰隆车响让野生动物在沙漠愈加沉默。我不知在这样的世代，如此简单的梦想是否终将陨落。

或许正如贝桑和我保护老柽柳一样，每每凸显的都是我们这个时代的难题：在现代消费习惯、经济发展与自然生态之间的尖锐冲突。

眼见数家大饭店雇用推土机铲平沙丘、整地，一座座豪华白帐篷在沙漠怀里诞生，我不禁哑然失笑，撒哈拉旱象不解，前阵子好不容易下了场雨，沙丘是湿润的，一旦铲平，水分又将迅速流失，植物被连根刨起，死去。这对于地球气温的增加，甚至是沙尘暴的发生，是否会产生影响？一棵棵大树失去青翠枝干、倒下，化作帐篷区的营火以娱国际游客，野生动物因而失去庇荫，再过几年，沙漠还剩什么？

残酷现实的背后，不是个人或一家饭店的问题，不是业者或观光客单方面的问题，而是整个庞大体系所造成的。

早年沙漠观光不似现在制式单一，除了骑骆驼上沙丘，还有健行、野外露营和以吉普车为代步工具的深入沙漠，玩法相对丰富多元，也能分散旅客对单一区域的冲击，并让更多人拥有工作机会与些许收入。

今日绝大多数观光客到撒哈拉几乎只进行一件事——骑骆驼到沙丘走走、睡睡帐篷，这让啥都包了的廉价团大行其道。为了吸引消费者上门，大饭店开始在设备上比拼，帐篷一座座冒出来，设备愈加现代齐全，几乎是完全不顾对沙漠生态冲击地把都市享受搬进了沙漠。想当然耳，唯有资本雄厚者才能如此操作并从中获利。连带地，观光业者以图文为夕阳中的沙丘美景大打广告，不知情的观光客也真以为来沙漠只有骑骆驼上沙丘这项活动。

此外，脸书与IG(Instagram，照片墙)等社群网络迅速影响现今的旅游模式，打卡、拍照、上传、点赞并分享等一连串动作，让越能受网红青睐、越instagrammable(上照的)的景点越受欢迎，连带让拍照成了沙漠旅游重点活动。为了成就一张美丽的照片，豪华白帐篷各种为拍照而生的人工设备越来越多，除了吸引客群，更希望借由客人照片分享来为自己的营区打广告。

观光客来到撒哈拉想“亲近自然”，但那个“自然”往往是“被驯服的自然”，甚至是“想象中的自然”，而一个“被驯服且是想象中的自然”，往往就是“受到伤害的自然”。

天地创造的物种难以计数，每个生灵在整体生命网络上，必有其独特意义与价值。好比沙漠最近下了一场雨，落在豪华饭店的游泳池，也落在绿洲农田，落在湖泊与古井，落在能储水的沙丘，同样落在浇薄的碎石地，好让石地长出点点绿草，让羊儿可以吃饱，也让游牧民族得以活下去。

地球所有生灵全活在相互影响、彼此牵动的一张无形网络中，旅者行走一地，之于旅者的“景点”是诸多生灵的“原乡”，旅者的造访不会全然“无痕”，而是形成强大经济力量，影响当地人生活，甚至形塑自然地貌。那是双刃剑，可以养活仅能靠观光业维生的游牧民族后裔，实实在在改善他们的生活，同样也可以摧毁传统与生态于无形。

“美国生态保育之父”李奥帕德(Aldo Leopold, 1887—1948)在《沙郡年记》里写着：“对保护原始生活所做的一切努力注定枉然，因为若欲珍惜，我们需要亲身看到和触摸到，而当有够多的人看到和触摸到以后，能够珍惜之物也已荡然无存。”

法国文学家泰松(Sylvain Tesson, 1992—)在《在西伯利亚森林中》里说：“大批群众倘若涌向山林，必将一并带来他们离开城市时所声称要躲避的恶事。”

遥望观光业对沙漠生态不经意间的摧残，洁净无痕的沙丘因观光客的足迹与车痕而面目全非，四处飘扬的垃圾，被沙滩车碾压的植被，饱受噪声与空气污染干扰的野生动物，因饭店游泳池而被剥夺灌溉水源的绿洲农田……尚不知有多少观光客震慑于撒哈拉丰沛强大的自然疗愈力，因而对大自然产生敬畏甚至珍惜之心，沙漠里的野树便已被砍下，化作夜间娱乐嘉宾的营火。沙漠当地业者明知是绝美的自然景致吸引观光客，让他们有钱赚，环境保育及永续概念依旧模糊，遑论实际行动。

我告诉自己，若能找到适恰的旅游形态，不仅可以减少对环境的冲击，甚至可以成为对人与土地的回馈。如果能带领游客深深领会撒哈拉之美，对自然的爱油然而生，所谓的“环保爱地球”等实际行动也将有在未来发生的可能。

这几年的实际经验更让我明白，“无痕旅游”只会是让人在后面追着跑的理想。人在地球的每场行动莫不真实影响地貌与地表上的生命网络，旅游所造成的污染与资源耗损就是在那里，然而，若能带着相对清明的意识行动，对大自然赐予与他者劳动和付出有更多感恩，一场旅行的意义与所能带来的影响，就将有所不同。因此，就算只有我一人，“天堂岛屿”依然勠力不懈推动对人与土地都更友善的“另类旅游”，提醒游客关于“旅行者对人与土地的责任和义务”。

有人说我很有理想，有所坚持，这虽然好，可在“生存”与“商业经营”面前，有时不得不做出妥协。

然若以越野型沙滩车为例，我绝不可能放入旅游服务里，因为心里无比清楚沙滩车对沙漠生态的冲击何等剧烈，遑论此一旅游消费形式恰恰背离了撒哈拉带给我的能量。

撒哈拉巨大丰沛的自然疗愈能量往往让我因感受己身渺小而震慑、而无语，于那当下，自我消融不见，将内在空间短暂让给了意识清明与平安宁静。然而，当游客坐在沙滩车里，恣意畅快中，听不见自己在沙漠制造出来的巨大噪声，破坏沙漠独有的静谧，扬起漫天粉尘给邻近居民，被放大的是傲慢的自我，却与撒哈拉瑰丽壮阔所能带来的感动与能量擦身而过。

即便妥协，仍有“底线”，仍有不可背弃或扭曲的“核心价值”。

好友M曾告诉我：“改变世界并不重要。每个人最大的努力，应是建塑自己的意识。纷争是人受物质属性影响，产生欲望所造成的，激情与愚昧的属性，唯有真正的良善才能保护灵魂行走物质界而不致堕落。我们小脑袋不可思量上天的计划，唯有内在之路可以得到救赎。有时外显，像是要改变世界般，然那也只是成熟之后，而不是初衷。也请记得，不要被自己的欲望捆绑。没有什么比自己真实快乐地活着更重要，要不然所谓的理想，只会变成枷锁。”

这一路绊绊磕磕，收入仅供维持基本生存，推动“另类旅游”的成绩称不上符合世俗对“成功”的定义，种死的树远比活下来的多，需要协助的贫穷弱势藏身各处，而我永远只能拉眼前这一个。

并非我认定这场志业终将成功，不，不愿放弃的，不过是心中那份爱与希望，因为那让我“打从灵魂里快乐起来”。怀抱初衷，即便跌倒，都不曾让我停下既定脚步，依旧坚定地相信，一个对人与土地更加友善、具有永续性发展的观光业，绝对是所有地球人都该追求的，我不过是千千万万勇于实践梦想的地球人之一罢了。

观光旺季，沙丘上挤满看夕阳的游客

游牧民族传统黑帐篷以木条撑起，并以地毯权充门

↑↑篷内仅铺一条廉价地毯，再放上薄床垫、靠枕与毯子
↑ 一席薄床垫、毛毯与靠枕，卫浴与主人共享，早期梅如卡出租给游客的民宅房间大抵如此

宛若五星级饭店的豪华白帐篷沿着沙丘群外围散落

白帐篷内附独立卫浴，从弹簧床、手织地毯到木制家具都是大成本投资，一顶就像一间小套房，更加符合现下游客对沙漠旅游的想象

吉普车

↑↑越野型沙滩车↑越野摩托车

沙漠的特殊地理环境与自然条件让人类制造的垃圾更加无所遁形

世界上不可能存在一座“环保的游泳池”

防沙堤

沙丘是梅如卡的日常风景，村人自然泰半以观光业为生

豆灰与憨吉

我们不过是领路人

摩洛哥观光业发展于法国殖民时期，由利奥泰(Louis-Hubert-Gonzalve Lyautey，1854—1934)将军首先制定旅游政策，锁定法国人与富豪阶级为服务客群，建造豪华饭店，提供舒适的休憩地，马拉喀什知名的拉玛穆尼亚(La Mamounia)豪华饭店即此政策下的经典成功例子，同时为法国投资者展现摩洛哥所具备的商机。

沙漠旅游观光同样发展极早，迟至四十年前，梅如卡已有人投入观光业。

初期形式较为简单，主要消费客群为法国及西班牙等欧洲游客，以“荒野探索”为主要旅游目的，相对愿意体验在地生活，对简朴的饮食、住宿与各种突发状况接受度较高，也给了苦于干旱的游牧民族走入观光业的机会：纷纷放下羊群，做起牵骆驼，做向导，提供饮食、后勤补给与协助购物等工作。毕竟若无当地导游带领，“外来者”到了沙漠根本寸步难行。

这种带领外来旅客深入当地生活的旅游性质接近伴游，无须事先规划、细腻导览、专业知识或事前筹备，泰半仰赖游牧民族对沙漠的熟悉来满足旅客的各种需求。因而致富者有，甚至成功拓展成家族企业。

然而，并非每个从游牧转入观光业的当地人都跟得上市场变化的速度。随着游客性质与需求逐渐改变，对食宿标准愈来愈高，行前除了要求确认各项规划与细节，亦有了既定期许——例如在特定景点拍照。游客人数也从自由行小团渐转成旅行社主导的大团，原本弹性的行程逐渐固定下来，方便旅行社与领队按表操课，同时避免消费争议。

另一方面，随着沙漠观光业蒸蒸日上，相关业者早已不只沙漠中人，更多的是开设在大城市的摩洛哥旅行社或规模宏大的观光饭店，提供完整套装行程并提升硬设备外，也残酷地进行削价竞争。

与此同时，虽然游牧民族最大资产与本钱是对沙漠的知晓——没有人比他们更熟悉、更懂沙漠，但惯行旅行团的需求仅止于骑骆驼上沙丘看夕阳或日出，让他们毫无用武之地。

尤有甚者，因缺乏教育、知识及专业训练，他们多半无力将沙漠的多元素材商业化成可供消费的旅游产品，面对现下的产业生态与厮杀越发惨烈的同行竞争，一旦无法做出更细致丰富且独到的行程规划，所有人便只能抢同一门生意，除了难以在已然白热化的削价竞争中存活，更常落得在贫困里空转的窘境。

偏偏，知识匮乏与思想僵化让他们无法理解自身弱势何在，仍维持着熟悉的旧有生活方式，缺少主动学习、创造与想象力，遇到新状况时，由于信息与经验不足，无法立即反应。

贝桑四哥就是实例。

四哥十几岁起便在各大饭店打工，举凡打扫、照顾骆驼、帮观光客牵骆驼、在旷野烹煮三餐、做向导、开吉普车，甚至打鼓歌唱娱宾，全属于他这种打工仔的服务项目。由于薪资微薄且不固定，四哥游走各大饭店，哪儿缺工哪儿去，平时守在村落入口，若遇游客开车入村便拦下车子，兜售住宿、导览与骑骆驼等服务。四哥可说整个生命不曾离开沙漠观光业，结识相关业者，也与一些欧洲游客成为好友，而这些人脉全是谋生不可或缺的重要条件。

有一年，西班牙朋友介绍了一团客人给四哥，说好在沙漠待上一周，却提早几天离开，理由是“西班牙路途遥远，临时决定提早出发，以免旅途过于疲惫”。突如其来的决定让四哥一下子少了好几天收入，失望不在话下，我想真正原因应该就是四哥的带团方式仍然接近早期的伴游，每日行程差异不大，已无法满足现代消费者的需求。

来自社区小旅行的启发

“天堂岛屿”民宿因不在观光客最爱的沙丘旁，房间数少，无游泳池，难以和老牌民宿或设备齐全的饭店竞争，偏偏又紧邻贝桑家族老宅，模糊的空间界线不时造成文化冲突，我很快地将发展重心放在导览上。

沙漠满是丰富多元的自然与人文“素材”可以发展成既细腻又有深度的旅游产品，但绝对需要缜密规划、长期执行并排除种种困难，当然还得成功找到适合的客群。

洪震宇在《风土经济学》中提出以深度“社区小旅行”将旅客带入在地文化，进而活化地方、促进地方创生，让我有了“仰望美好世界”之感，也唤醒了心中某种美好憧憬与难以言说的“初衷”。

贝桑和我虽有能力操作坊间常见的沙漠旅游规划，但因规模小，设备与价格不如旅行社有竞争力。此外，我也更相信一个地方独到的风土人情绝对能吸引渴望深度旅游的客群，即便市场小众，需时间经营且完全靠口碑，撒哈拉深度导览依然可以成为只有我们能做的独门生意，且是一条具创造性的活路。

一如洪震宇提到的“说故事”——好好诉说一个地方的故事——我着手规划“将撒哈拉的真实故事说给他人听”的导览行程。

撒哈拉太美了，丰富瑰丽而辽阔无尽，处处含藏人的故事，旅客来到这慈悲与残酷并具之地，能做的绝不只是骑骆驼上沙丘，即便是眼前帮你牵骆驼的人都有属于他的生命故事，而且是紧紧扣着你脚下的这块大地的故事。千里迢迢来到撒哈拉，却对眼前一景一物与人的故事毫无所知，岂不可惜？

仰仗贝桑深谙沙漠自然地貌的“在地优势”，我们勤做田野，搜集第一手故事，规划属于“天堂岛屿”的独家导览路线，景点包括绿洲、湖泊、废弃矿村、黑奴音乐村、古堡、游牧人家、化石产地、史前古墓、史前岩刻画、法国殖民时期的驻军遗址与高耸沙丘等。

我们以吉普车代步，带客人深入意想不到的旷野与无人秘境，佐以适恰导览，让客人欣赏美景的同时，亦能知晓荒芜旷野中曾经发生的故事，希望不仅能走出市场区隔，更让志业得以实践。

就算同样是骑骆驼，惯行沙漠旅游顶多在沙丘上看个日出日落，来去匆匆，我们提供的选项之一是骑一整天骆驼，以极缓的步调漫步连绵起伏的沙丘群。

实情是，骑骆驼最难的是放松，需要试着放下恐惧与掌控欲，感受骆驼上下沙丘的律动，依随骆驼的节奏带着自己走，也因骑骆驼的时间拉长，人就有了聆听自然、和自己对话的空间。可惜节奏如此缓慢的行程如今愈来愈少见。

与其说这是创新，不如说是让旅游回归最单纯原初、来自大自然的强烈感动。我们做的，不过是将客人安全地带入沙丘，至于客人会看到什么、听到什么、体验到什么、感受到什么，甚至对自己有什么新发现，那就是来自撒哈拉的礼物，完完全全是他或她和撒哈拉的“灵魂约定”。

又如游牧民族不时感叹干旱一来，沙漠除了石头什么都没有，天生反骨的我心想，既然如此，是不是能让“石头”也成为吸引观光客的“号召”？试着将化石产地加入导览之中，解释眼前散落荒野的化石如何生成，在地质学上的意义等，让客人更深刻地感知地球的古老与撒哈拉的瑰丽神奇。

为了多些“客制化”性质，我们让客人自由决定前来沙漠的交通方式、在沙漠停留的天数、人数与偏好在沙漠移动的方式（吉普车、骆驼、自行车或健行），再由我们详细规划路线，安排水与食物等后勤补给，为客人量身打造独家行程。住宿方面，除了饭店与帐篷区，若客人偏好野营，我们也可以准备简易式帐篷，白天畅游无人沙漠，晚上优游到哪儿，便在哪儿落脚、过夜，随兴自在。

多元丰美的沙漠生态

沙漠与绿洲的生态多元丰富，而最能在荒芜枯槁的砾漠沙地瞬间幻化出生命的，莫过于水。

枯瘠荒凉大地上，生命以种子的形态沉潜着，静待雨的到来。

不同地形，各有植被，雨一来，就能让貌似水仙的白色小花灿烂一整座山岩。撒哈拉的美与生命力就在那里，从干枯山岩石缝冒出头的小野花儿说着：“生命无处不在，只是静待雨来。”

有一年，秋雨足，来年初春，我与贝桑以吉普车带客人深入沙漠，野地处处绽放紫色小野花儿，宛若一座天生天养的薰衣草花园，别说坊间沙漠团不会带，即使亲眼看到都无法相信，撒哈拉竟也有野地紫花园，且是“花季限定”！

湖泊在沙漠的消失与复返，同样端视于秋雨是否丰沛。

每回雨落，沙漠地势自然让雨水往“大湖”汇聚。雨若足，湖泊便返回沙漠，湖面布满火鹤、野鸭与高跷鸻(学名*Himantopus himantopus*，黑翅长脚鹬)，无比热闹。湖畔则因水的滋润，生长诸多植被，紧挨着地面生长的植物有着细腻的渐层色调，花瓣落了一地，映衬远方橘红沙丘群，很是美丽。繁密灿烂的植被亦是羊群与骆驼的最佳美食，骆驼夫将骆驼引来湖畔吃草，火鹤低头在湖中觅食，湖面如镜，映照天的蓝，一场安详宁静的天地富裕。

常年干旱让湖泊缩小甚至消失，据说“大湖”曾经极大极大，昔日游牧民族并无丈量习惯，没人说得出精准面积，只说直到二十年前，雨水丰沛时，湖泊深到可让孩子游潜，湖中有鱼，湖面满是沙漠特有鸟类，火鹤、水禽与滨鸟，热闹一湖生命！

记得那回是日落时分造访，金色夕阳洒在远方湖水聚集处，眯起眼，依稀可见火鹤、高跷鸻与野鸭在湖面觅食，离我们不远的石砾地上，几只白鹡鸰(学名*Motacilla alba*)活泼地寻找食物踪迹，那聪慧眼眸与雪白胸脯上的黑领巾，可爱极了！

另一回我们带台湾客人来湖畔走走，见证水在沙漠的奇迹，客人因湖在沙漠的存在而感动不已，直说好美！远远地，一只鸟儿停在湖畔，定睛一看，竟是一只鹰！沙漠之鹰，湖畔之鹰，多么美丽神奇的天地造物！

降雨对沙漠生命整体来说，是好的，但水流雨势也会在极短时间内大大改变地貌，让我们必须因应自然因素，机动调整行程。

有一回，沙漠突然下起豪雨，大水四处漫延，一支水流注入附近的湖泊，一支水流往阿尔及利亚走，还有一些则渗入地底，补充水源。我们恰巧带着香港客人跑沙漠，原本的枯槁荒地成了泥泞浅池，无法通行，迫使我们不得不绕道，险象环生。行经一处，状似坚硬石地，吉普车一驶入，车轮竟深陷泥淖，客人只得下来帮忙推车。终于脱困后，虽可继续前行，贝桑仍得依据当地水文、先前雨势及当下水的流量来判断回程是否必须改道。

即便旱季，沙漠的生态依旧丰美。

走访绿洲农田，独特的坎儿井灌溉渠道在棕榈树间缓缓流过，可遇着麻雀、白鹡鸰、伯劳鸟、珠颈斑鸠与多种不知名鸟雀。到了偏远旱地，偶尔可遇羽毛颜色与石砾相当接近的沙鸡(学名*Pterocles coronatus*)，也只有贝桑的游牧好眼力，才能在石砾堆里认出保护色极强的沙鸡。蜿蜒起伏沙丘里，除了俗称“沙鱼”(poisson de sable)的石龙子(学名*Scincus scincus*)与尾巴长长的跳鼠，还藏了诸多有着一双大眼睛与一对大耳朵的耳廓狐。

在沙漠最常遇到的动物就属骆驼了。

摩洛哥已无野生骆驼，在荒野悠闲漫步、吃草的骆驼群，全由邻近一带居民或饭店饲养，骆驼夫很可能就在附近某个阴凉角落静静守护着。

贝都因人非常喜欢骆驼，甚至自称“驼民”，骆驼对游牧民族的重要性不言而喻，除了充当运输载物工具，驼奶与驼肉可食，驼皮可做衣物及鼓面，驼毛可织成帐篷。骆驼可当新娘彩礼与绑匪赎金，更是计算财富的方式。

土耳其谚语说“骆驼走得虽慢，却能抵达目的地”，有“沙漠之舟”之称的骆驼聪明又通人意，以毅力、耐旱与背驮重物著称，过往驮载帐篷与所有家当，是游牧民族得以逐水草而居的得力伙伴，抑或驮运货物，骆驼商队让商品贸易在沙漠成为可能，此时则以载观光客为主，依旧参与游牧民族重要的经济活动。

有一回，我们带一对来度蜜月的香港新婚夫妻深入沙漠，不知是否感染了喜气，竟偶遇当天刚出生的小奶驼，一双大眼睛还眯眯的，尚未完全开眼，可爱极了！

远远地，我们看见小奶驼窝在草丛里休息，刚生产完的骆驼妈妈在旁边吃草。贝桑小心翼翼地停车，让我们在车上拍照，随时注意骆驼妈妈的动静，毕竟小奶驼刚刚出生，骆驼妈妈护子心切，可能会有攻击性。

见着小奶驼如此可爱，贝桑童心未泯，伸手叫小奶驼过来玩，小奶驼不理。此番冷漠完全无法浇熄贝桑的热情，见不远处的骆驼妈妈没反应，他蹑手蹑脚下车，以极缓慢的速度朝小奶驼靠近，轻轻伸出手，成功“亲”了人家一下下。不一会儿，小奶驼便摇摇晃晃地走回母驼怀抱。

喏，初来乍到的小奶驼，就这样诞生在粗犷辽阔的沙漠深处，这见证了生命的无处不在与刚强韧性。或许依然体质羸弱，或许内心还没那样坚强稳定，或许步伐依旧摇摆脆弱，然而光与爱就在那里，即便跌跌撞撞，依然坚定走向自己渴望的方向，走向幸福、希望与丰盛！

濒临绝种的非洲野驴，无疑是我们最常遇见的野生动物。

沙漠夏季酷热漫长，白昼气温逼近五十摄氏度，带沙狂风阵阵袭来，就连蜥蜴都宁愿待在树梢上，毕竟沙地实在太烫了。

大地荒芜一片，野驴家族难以自行寻觅水源，围着古井，在烈日下等待人类汲水让它们解渴，其中不乏大腹便便的母驴或甫出生的幼驴。

每回见着这场景，贝桑的反应永远是“驴子渴了，需要喝水”，随即下车走向古井，在艳阳下一桶桶地将水自井底取出，倒入井边简陋的水槽。鸟儿闻到水味儿，来了，渴得顾不了对人类恐惧，在井边蹦跳着。最大胆的野驴往往这时已迫不及待地喝起水来，其余野驴则等水槽装满水，贝桑离开井边，这才小心翼翼地围上前喝水。

若遇没有水槽的简易古井，贝桑会将宝特瓶切半、装水。

有一回，带客人行经一处，干枯大地上，远远看见野驴家族守在井边，贝桑马上下车，却发现井几乎干了。

据说这口百年古井向来有水，近两年才干枯，若能疏通，即可取得地底水脉。井一旦汲不了水，沙漠便失去重要水源，游牧民族或许可以离开，诸多生灵却将在绝大多数观光客不会到也看不到的地方默默受苦，一一倒下。

我把车上仅存的水都给了驴，还是不够，贝桑很难过，无奈地说要走，我知道他心软，赶紧强调：“驴子不知道在这里等多久了，一定很渴很渴，你看，还有小驴子和怀孕的母驴！要是再没水喝，一定会死掉的！”

游牧民族最清楚在盛夏沙漠无水可饮是哪一种“渴”。贝桑无法弃野驴于无水荒野不顾，想把野驴一家引到附近另一口井旁，可野驴就是野驴，怕人。

想了好一会儿，贝桑迅速脱下蓝袍，抓着辘轳上的粗绳，亲自下到井底，用双手把水舀到桶子里，客人则站在井边，拉动绳子，把水桶拉上来，倒入水槽给驴子喝。贝桑更进一步将井底的泥土挖出个洞，让底下的水冒了一些出来，忙了大半天后，这才拉着绳子缓缓从井里爬出来，继续我们未竟的导览。

是的，在撒哈拉，人与动物可以共享水资源，人类可以单纯而无偿地为野生动物服务、付出。观光活动未必是对土地的摧残，一场导览可以将来自异地的旅客深深带入撒哈拉的美与生态的丰富，并让整个过程成为对沙漠生命的善待与守护。

荒废的矿山玫菲思

沿着大沙丘外围再前行，将可抵达荒废的矿山玫菲思，我们的导览另一大重点。

法国殖民时期，玫菲思曾是生产铅、铁、硅、石英、重晶石等的重要矿区，矿工围绕着矿坑一带搭建土屋，形成村落，就连主持开采的法国矿产公司主管也住这儿，人来人往，络绎不绝，鼎盛时期，甚至成为连接摩洛哥、阿尔及利亚、马里与毛里塔尼亚一带的货物交流站。

玫菲思堪称摩洛哥境内最偏远的矿区，在法国殖民政府主导下，于一九三八年开始采矿，一九四六年后交给法国企业大量开采，直到一九五八年后才逐渐转为零星开采。

旧时采矿皆由法国矿产公司出资，招募游牧民族下坑开采，养活了邻近一带许多游牧人家，所获矿产则运往欧洲。据说有些游牧民族因而致富，得以移居大城。

据估计，当时玫菲思日产应有两百吨，卡车将矿石送到利奥特港(Port Lyautey，即现在的Kenitra，盖尼特拉)，运向海外。唯因地处偏僻，运费颇为高昂，开采成本高，且对外路况不佳，开采困难倍增。

五〇年代开始，矿产逐渐走下坡路。一是法国与殖民地摩洛哥之间关系日益紧张，摩洛哥亦于一九五六年取得独立；二来，摩洛哥与阿尔及利亚两国出现国界问题，纷争不断，影响区域性安全；三者亦因矿藏有限，产量渐不如前。约到七〇年代，玫菲思的矿产已无法获得足够营收，法国矿产公司离去，矿工四散，仅留下少数矿藏由当地人零星开采。

矿坑工作条件向来极为严苛危险，酷热干燥的气候下，必须在深达几十米的矿坑里工作，光线、空气与湿气皆不佳，结束一天工作后亦无足够的干净用水可以净身。据说在法国公司管理时期，每个矿工一周仅能洗一次澡。此外，矿工并无任何可防阻沙尘的配备，仅用头巾遮住口鼻，极易感染肺尘埃沉着病。即便到了二十一世纪，撒哈拉矿工的工作条件都无明显改善。

初次走访玫菲思那回时近中午，只见毫无植被的山石重叠耸峭，摩托车根本爬不上去，贝桑和我下车步行，走在一丝绿意皆不可得的黄褐色山岩上，说不出的悲戚。等我们终于爬上山丘顶，目力所及，唯有嶙峋突岩与早已废弃的旧时矿村，土屋残破不堪，屋顶早没了，徒留残存的梁柱与窗户木框。

贝桑指着倾圮的土屋群说："那里就是以前矿工住的地方，你瞧房子数量之多，每一间就代表一户人家，不难想见以前这里的盛况。等挖不到矿了，没了工作，没钱赚，人才渐渐散去。"

我说："住这里好凄凉，除了石头，什么都没有。"

贝桑却说："那是因为干旱的关系，差不多二十年前吧，这里全是绿的，我还和哥哥赶羊到这里吃草呢。"

远眺这一大片光秃岭脊与赤裸山岩，我完全无法想象此地曾经"风吹草低见牛羊"。

今日偶有摩洛哥矿工自行前来采矿。虽是军事重镇，驻守的军队同样是游牧民族出身，深知在沙漠讨生活的艰难，矿工们不过巴望采一丁点矿石养家，军队多半不会刁难。

为了前往目前尚在运作的矿坑，我们缓缓踱下唯有碎石砾的小径，我数度因为脚下石块滑落而几乎跌倒，小心翼翼抬起头，眼中所见除了石头，还是石头。

一步步在石砾山坡上半滑半走，往下望，一个阴暗圆形坑口依稀可辨，但地势愈低，空中含沙量愈高。走入矿坑口，连踩五六个阶梯，随即到了坑底，只见整个空间约莫十平方米，高约一百二十厘米，不容人直立；坑底有个小洞，以废弃轮胎做了个门，里头还有个光线进不去的阴暗空间，看来应该就是矿工挖矿的地方。我与贝桑身处的空间则是矿工吃饭睡觉的休息区，摆着一张废弃铁皮做成的桌子，桌上还有一盒已开封的茶叶，以及茶壶与茶杯。

从坑口透进的阳光让矿坑内还算明亮，密闭空间却让人不适。贝桑说："瞧，这地方我们不过待了一会儿便觉压迫、不舒服，矿工们为了生活，却得日夜都在这儿。"

另一回，我们造访一座更加偏远陡峭的无名矿坑，沿途不时出现凹陷沙坑，甚至迫使我们停车，我背着行囊步行，贝桑则推着摩托车往前奔跑，好让引擎重新发动。唯一不变的是，沿途除了少数几株金合欢与灌木丛，不见任何植被。

好不容易在黄昏时分抵达光秃暗黑山棱中的矿坑，几位在此工作的贝桑亲友旋即闻声前来。据年近五十的负责人韩玛蒂说，这矿坑开采已久，矿产不丰，仅够大伙儿糊口。韩玛蒂还说，当年这山还有水草，他父亲赶羊来吃草，发现矿脉迹象，暗自在心中记了下来，尔后干旱带走所有，他父亲便带着圆锹，自个儿到这里采矿，养活一家。

矿脉含藏有限，这些年，接近地表、容易开采的矿早挖光了，只得越挖越深，才能取得些许矿石，开采成本大增。这两年，韩玛蒂找了几位游牧友人一同在这儿工作，每个礼拜，大卡车固定前来载走开采出来的矿石，按产量计费，每人月收入有限，扣除基本饮食所需，所剩无几，却往往是每个矿工身后那一大家子仅有的活命钱。

坚硬陡立的石地上，已开挖的矿坑宛如一道永远无法痊愈的伤口在岩山上裂开，边缘安置了一座巨大机器，只见坑里两个矿工正卖力工作，手上的采矿工具简单到近乎原始，仅是十字锹、圆锹与桶子。矿坑旁的机器虽然巨大，却只具备将矿石一桶桶带上地面的功能。在这儿采矿，仰赖的是全然的人力。

在这连步行都艰难之地，我真的无法想象矿工们如何日日进行艰巨的采矿劳动。一旁，只见韩玛蒂拿着笨重的方形大榔头一下又一下地敲着挖掘出来的矿石，再将黑色石块丢到一旁，值钱的白色矿石丢往另一边，然后用推车把白色矿石载到山脚下，方便卡车载走。

韩玛蒂说："我们请了卡车载来两大桶清水，开采期间的饮水及梳洗就靠这两大桶水，每个月我们都会放假，回家休息几天，再回来矿山的时候，就将食物一同载过来，带点面粉、豆类、洋葱、红萝卜、茶和糖，但所有人都得省着吃。如果还不到下山时间储粮便吃完了，那就派个人出去采买，费用大伙儿均摊。"

那一回，我们在岩山无电无灯的小石屋裹着毯子过了一夜。个中滋味难以形容，倒不尽然是躺在不平地面的不适，或是无法直起身子的简陋石屋让人辗转难眠，而是在连一根草都长不出来的山间就像被遗弃了一般，毫无生的气息，连悲伤都没了力气。还记得隔日早餐只一个白色金属浅盘，上头些许煮得熟烂的豆子，豆子里只掺了些盐，此外再无任何调味，而清晨这几口热食与数杯甜茶，就是劳务极重的矿工们一天中的第一餐。

沙漠风味：柏柏尔比萨

沙漠特有的柏柏尔比萨又是另一导览重点。此一想法源于洪震宇提及的“风土餐桌”。

柏柏尔比萨在沙漠相当常见，是一块简单又家常的有馅烤饼，虽然不同区域做法稍有差异，但我还真不曾在城里见过。

大名鼎鼎的地狱厨神戈登·拉姆齐(Gordon Ramsay)曾在摩洛哥当地人的带领下走访古城非斯(Fez)与阿特拉斯山脉(Altasr Mountains)，透过拍摄呈现传统人文艺术、自然美景与在地美食，对国家经济极度仰赖观光业的摩洛哥来说，成就了一场绝佳的国际形象广告，而其中一集便介绍了柏柏尔比萨。

该集节目里，戈登在阿特拉斯山间奔走，满身大汗地寻找深山里的纯净野菇，做了个野菇煎蛋。尔后，在几位柏柏尔男子的陪伴与教导下，戈登就着野火，以极简单的平底锅烘烤了柏柏尔比萨。他将刚采下的野菇切碎，在营火上烧煮，加入洋葱与香料作为内馅，再以擀好的面皮包裹馅料，做成圆形面团，尔后放入平底锅，加上些许羊奶酪，将面团压平，接着盖上白色马口铁盘，随即放到炭火上，并在覆盖的马口铁盘上放置点燃的树枝，让面团上下同时加温，不一会儿便起锅。

戈登的做法有好几处值得注意。

首先，烘烤柏柏尔比萨的地点选在山间岩石旁。这几乎是一种“原始烹饪空间的还原”，以节目效果来说更具张力、野趣与说服力，也更加吻合文化脉络。为了避免烟熏，山居柏柏尔人的炉灶多半盖在空地上。戈登使用的厨具同样贴近庶民文化脉动，平底锅与白色马口铁盘在乡间与沙漠相当常见，便宜又亲民。最后用刀子切开比萨，众人分食，在摩洛哥亦是如此。

另一方面，戈登的柏柏尔比萨放了多种现采野菇，堪称极致奢华，一般来说，菇类的食用在摩洛哥不算普遍，较常听闻的是摩洛哥人前往偏远野地采集珍贵野菇，外销其他国家。

柏柏尔青年向戈登解释，游牧民族经常吃柏柏尔比萨，一语道出了其灵魂与精髓之所在。确实，柏柏尔比萨远非罕见高价的山珍海味，而是寻常百姓家里的烤饼，常见于沙漠乡间，从烹调手法到食物本身皆因地制宜、就地取材。

过往，游牧民族一早赶羊吃草，行走山间旷野，身上物件有限，有时甚至只带一点点水与椰枣充饥。休息时，捡柴，生火，煮茶，揉面团，将洋葱与红萝卜切得极碎，加一点儿羊脂肪，偶尔加点碎肉末，放入香料并拌匀后，做成馅，包在面团里，压成扁平的圆饼。

接着，将干净石头在地上铺平，放上点燃的柴火；之后清除灰烬，将压成圆饼的面团放在烧烫的石头上，盖上铁桶，再点燃柴薪，放在铁桶上；之后清除灰烬，掀开铁桶，翻面，再焖一会儿，熟了即可食用。若没有干净圆石，则以相同方式用柴火将沙子烧热，放上面团，盖上铁桶。若是已扎营的游牧人家，便会在帐篷旁制作土窑，方便烘烤面包与比萨。

虽然今日的流行称谓将medfouna说成“柏柏尔比萨”，但这种形式的烤饼并非柏柏尔人专属，同样是贝都因人的家常菜。贝都因人与柏柏尔人的语言与风俗不尽相同，但皆为游牧民族，两个族群经常在沙漠与绿洲比邻而居，虽不常通婚，倒也相安无事地分享水源与牧草。

柏柏尔比萨的制作方式非常适合物资不丰的沙漠生活，即便已走入现代定居生活，不少家庭的院子一隅仍有可烘烤面包或比萨的手做土窑，柏柏尔比萨也依然是餐桌上常见的佳肴。若有瓦斯或烤箱，做起比萨更是迅速又容易。家务繁忙时，简单烤几块比萨即可供全家充饥。斋戒月期间，傍晚开斋时，众人喝了牛奶，吃几颗椰枣开胃，接下来的主食往往就是比萨。

此外，柏柏尔比萨已被视为沙漠传统在地美食，刚出炉时最美味，部分餐馆开放预订，做法却与游牧民族的稍有不同，馅料更多元丰富，除了常见的洋葱与红萝卜碎末，还添加更多的羊脂肪与羊肉碎末，有些甚至加上压碎的水煮蛋与杏仁。放入类似烤意大利比萨的大炉子里烘烤后，外皮酥脆，馅料香气扑鼻而来，羊脂肪不仅毫无腥膻，在香料调味与炭火烘烤下，更是让比萨愈加香气逼人。内馅柔软多汁，热乎乎地吃，很容易一块接一块，十分美味。

由于希望让外地旅客的到来成为回馈给在地贫困弱势者的资源，希望能将我们经手的每一团游客带入沙漠深处的游牧民族帐篷内，让来自富裕文明世界的客人目睹全球暖化与干旱对自然生态及游牧民族的影响，接触真实活在沙漠的人们，聆听他们的生命故事，同时让客人支付的餐费、茶费及小费回馈当地弱势，虽然操作风险远高于坊间制式行程，初期我们仍将导览当日的午餐安排在游牧民族帐篷内，让客人品尝游牧妇女在野地以土窑烘烤的比萨，既能填饱肚子，还能现场观赏柏柏尔传统烹饪手法。

然而，一望无际的旷野中由简陋屋舍与破旧帐篷建构而成的赤裸尖锐的贫穷场景形成了不小的文化冲击，甚至让来自文明富裕世界的客人手足无措，食不下咽。我得花许多时间向客人解释游牧民族目前生活何以如此，以及这顿午餐的意义——为同样需要观光收入的弱势族群创造工作机会。

贝桑对沙漠贫困窘境习以为常，加上文化与语言隔阂，对客人的窘迫反应倒是不以为意，淡淡地说："游牧民族生活就是这么简单呀，这里是沙漠，生活本来就没有城里好。"

一次次下来，我越来越清楚每户人家的真实状况，越能好好地"说故事"，却同时看见他们因观光客到来而产生的转变。

游牧民族多以家族为单位，不料荒野里竟有一位独自扶养五岁幼儿的单亲妈妈，听说这里有观光客，便带着儿子与帐篷前来讨生活，后来我们辗转听闻孩子的父亲在牢里。

我满心敬佩这位独立勇敢的母亲，总是尽量带客人到她那里喝茶、用餐，让她可以借由自己的厨艺与劳动赚取生活费，若客人对她的手工艺品感兴趣，也可以购买，让她多些收入，我还会带上些许生活物资，减轻她的负担。

有一回，我带三位台湾旅客去她那吃午餐，客人直说她现烤的比萨好吃，称赞她儿子聪明伶俐。我顺口问起小孩就学问题，她说明年就要搬到我们村子里找工作，好让小孩上学。但以现实条件来说，这几乎是不可能实现的梦想，当下我有些不确定她这番话是否只是说给我听。

不一会儿，她拿出一支Nokia(诺基亚)手机，比手画脚不知说了什么，我以为是手机没电，正想着如何帮她充电，贝桑刚好回来，才知是手机摔坏了。我很困惑，我们出发前，贝桑还打电话和她确认过客人用餐事宜，怎么几个小时后，我们一到，她的手机就坏了！

临走前，我看到她的手织坐垫，想借由购买给予赞助，想不到她一开口就给了个天价。贝桑摇摇头说太贵了，她面无表情，没说话，我笑了笑，付了餐费便带着客人离去。

我和贝桑都觉得单亲妈妈变了，以前朴实坚强，笑容满面且工作认真，让人很想支持她，后来却越来越像看到观光客就狮子大开口的马拉喀什商人，这之间的转变，前后没有多少时日。

这让我有些沮丧茫然，不知在这贫瘠焦灼的大地上，若突然流入过多资源，首先被改变的会是什么。在这样的文化氛围与集体意识下，我究竟可以做什么才能让事情朝善的方向走？有时问题看似是“钱”，其实是“人心”“人的集体意识”与内在匮乏，在此情境下，所谓“教育”，实有更广大的意义。

摩洛哥环线旅游

环线旅游则是另一个方向的尝试。

摩洛哥气候宜人，人文荟萃，自然地貌多元丰富，一年四季皆适合旅游。“移动”是旅游的特质之一，交通等基础建设对行程规划具有决定性影响，适合旅客停驻的点以及点与点之间的路线几乎都是固定的，以至于旅行团与背包客所走的路径相去不远。

“人潮就是钱潮”是个硬道理，饭店、餐厅及纪念品商铺等“观光产品”因之以特定形式集中于景点一带，或沿着交通路线散落，经营得道则不乏客源，毕竟饭店管理确实是一门专业。地处偏僻或离观光景点太远的店家，除非声名大噪或有特殊条件，否则相对难赚观光财。

旅行社自有其考虑，知名景点一定要列入行程，饭店与餐厅须符合多数旅客的需求，不仅较能说服客人，也能减少客诉与消费纠纷。如何在这样的客观条件与外在限制中，做出质地最佳、最流畅的旅游，考验的便是领队及导游的功力。

我将旅行路线规划理解成在一定时间内，设定几个值得造访的城市，再因应交通要素来规划路线，并在路线中适时增加平添旅游趣味的“点”，让行程有松、有紧、有呼吸，让旅客可以精力充沛地游玩，又能休息、拍照，甚至购物。如此一来，每个点在行程规划中的价值、功能与意义无比明确，若时间不足或发生突发事件，哪些点可舍，一目了然。

人类学训练多少影响了我在规划旅游路线时的切入点。之于我，所谓“景点”并不是非得澎湃壮阔、可歌可泣的史迹不可，将田野调查做扎实，带着理解真心诚意地诉说，之于旅者，沿途映入眼帘的就不只是车窗外快速奔驰而过、毫无意义的风景，更是人如何在天地间活着的美丽故事，“风景”将在旅者眼前活起来，拥有人的呼吸与温度。

常见的摩洛哥行程可说大同小异，在参考各家旅行社规划后，我们除了安排摩洛哥四大皇城、蓝白山城萧安(Chefchaouen，舍夫沙万)、撒哈拉与千堡之路等常见内容，更在北非大地挖掘属于我与贝桑的私密景点，如史前岩刻画、史前壁画、废弃古堡、深山里的岩盐矿坑等。

史前壁画尤为其中独到景点。

撒哈拉天宽地阔，要找出藏在人烟稀少地带岩洞里的壁画，其难度完全是手持Google Maps(谷歌地图)游遍都市巷弄的文明人无法想象的。除了仰赖我那残存的人类学训练以及贝桑对沙漠的了如指掌，动用神秘隐微的游牧讯息网络，将所有蛛丝马迹一一拼凑起来，到了荒野，还得现场找来对当地一草一木皆极为熟悉的游牧民族做“领路人”，这样的“人脉”，只能仰赖贝桑筹措。也多亏了这些“领路人”，否则我们恐怕会在荒郊野外耗上一年半载，依然毫无所获。

贝桑问：“会有客人想来看壁画吗？”

我说：“别说史前壁画多么珍贵迷人，光是这样的奇山巨石就是人间美景了！一定会有人感兴趣，只是我没有能力把这样的旅游产品卖出去。”

我向来不爱刻意造假的活动与对象，因应观光业而生的“异国情调”产品尤其让我嗤之以鼻。总相信生活中的美与感动随手可得，前人在世间走过的痕迹仍在古城角落呼吸着，若愿意付出时间，用心贴近，必将“发现”。

好比由花莲“海稻田”引发的灵感，我们在摩洛哥海岸开发了特殊景点“海麦田”，白灿灿阳光下，远方湛蓝海洋波光荡漾，金黄麦田迎风摇曳，美得神奇。

好比我们走访山谷，在当地耆老带领下爬上高耸岩山，走入旧时人工开凿、早已空无一人的避难洞穴。窄小洞穴往岩山深处延伸出数条通道，接连为数不详的洞穴，蚁窝似的。耆老说避难洞穴起源已不详，先后住过柏柏尔人、犹太人与游牧民族，全是较为贫穷弱势的族群。旧时部落战争频仍，死伤无数，祖先在岩山开凿数个隐蔽的洞穴作为避难之用，地处高处，周遭动静一览无遗且易于防守。战争时，全村搬到这儿来住，一户人家一个洞穴，相互照顾，直到和平来临。

又好比北非先民沿着特出绝美的岩山，以泥土石块等土夯工法建造了具防御性、至今依然有人居住的古堡“卡斯巴”，虽然知名景点如阿伊特本哈杜(Ait-Ben-Haddou)因为电影和观光而列名联合国世界文化遗产，幸运获得保存与修复资源，但摩洛哥境内多数古堡皆已倾圮。许多隐蔽偏僻的古堡景致极美，却不见于旅游指南，更不在任何旅行社行程里，全是贝桑和我来回穿梭棕榈树园之间，费了九牛二虎之力终于找出来的。

由于古堡居民多半不谙在地史，我只能靠自己努力找资料、阅读、采访各处耆老，像拼图一样慢慢拼凑在地文史，再放入导览解说里头，并与前后两个景点呼应，串成一个有历史脉络的在地故事。

二〇一九年，英国伦敦艺术大学互动设计系师生请我们规划“撒哈拉游学团”，将旅游及学习融合在三天两夜的行程时，我便让千堡之路成为第二天的行程主题，带领他们走访典型的古堡，从北非土夯建筑工法、生活方式、经济形态，带到跨撒哈拉贸易线以及现今的阿拉维王朝(Alaouite)。

又如一座早已荒废倾圮，兴建于十三世纪的清真寺遗址，梁柱上残存的马赛克艺术见证了旧时信仰的虔诚与工艺的卓越，精准细致的手工技艺传承数百年，至今仍在摩洛哥活跃，令人无比惊叹！仿佛一个让人说不出的东西穿越了时间，泯灭了遥远的十三世纪与当下之间的距离，一团柔柔亮亮的光在历史长河上悠游自在，载沉载浮。然而，如果不给予足够的时间，如果无法用心聆听风里的讯息，接收在梁柱残存的马赛克上发亮的微光，又怎能“看见”？

召唤“对的客群”

常听到来自不同客人的相同回应：“撒哈拉和我想象的，不一样。”

这话给我的感受多样又微妙，但，是啊，我与贝桑在让客人享受到旅游网站上的沙丘及骆驼等撒哈拉意象后，还带客人深入秘境，走访不曾想象的奇山异岩、百年古井、神秘废墟与化石矿脉，因为撒哈拉真就是这么丰富神奇！

消费者寻找适合的旅游商品时，乍看最具体且易懂的便是价格与硬设备，好些更细致也更有温度的服务与付出，甚至是第一线工作者的用心、真诚与专业，唯有来过的人，有所比较，才会明白。

“预算”往往是消费者决定来不来的关键性因素之一，但“天堂岛屿”从不走低价路线，甚至不给议价空间，因为我很清楚自己的价值以及在旅游市场上的独特性，客人跟着我们能看到的风景、跑的路线，全是独家，坊间廉价团做不到。

英国游学团教授提到了他们在非斯的旅游经验。那天他们请了两位地陪，其中一位不断说摩洛哥有多可怕，要学生千万不能和外人接触，带导览时，一进到商店便长久停留，鼓励学生购物，部分景点却草草带过，连拍照时间都不够。英国教授说，摩洛哥地陪把自己的国家说得那么可怕，只为了把客人紧紧揽在身边，却破坏国家整体形象，舍本逐末，着实可惜。

紧扣消费购物的旅游方式虽让旅客困扰，却是常见模式。业者先以低廉团费吸引客人，再借由购物把钱赚回来，旅客几乎完全不可能单纯游览而不经过商品贩卖区；地陪主要收入并非导览费或小费，而是客人购物的抽成，好些做法过于粗暴，伤害观光业体质甚至损及国家形象。长期杀鸡取卵地操作下来，让摩洛哥旅游多少有些声名狼藉。

不少旅客在行前接洽时问我们会不会安排购物，我总诚实回答，除非客人特别要求，不然我们整个导览行程都在荒郊野外跑，别说不可能把客人拐进店家消费，路上就连人类都很少见，骆驼还多些。

此外，与客人的行前沟通、与合作业者的绵密联系，全是在艰困的沙漠生活条件下进行的，为了完成一场旅游服务，我们必须付出的时间、精力与心思，往往是习于便利生活、节奏快速的文明人难以想象的。

走在极为小众的道路上，赚的每一分都是辛苦钱，哪管客人只有一两位，从行前沟通与确认、包车、客房清洁、备餐、导览、骑骆驼与帐篷使用等，所有流程与细节马虎不得，每团都是客制。

我总是尽量在有限条件里将每个细节做到最好，例如餐点。虽然生性懒惰，不爱做饭，却很乐意为我们的客人洗手做羹汤。

客人抵达之前，我已忙着备餐。沙漠能购得的食材有限，即使只是一锅简单的西红柿蛋花汤，汤头都是我用洋葱、西红柿和鸡骨头事先熬过的，相信客人可以感受到餐点里的那份诚恳用心，我也尽其所能变出丰富温暖的一餐。

有时客人的行程是从清晨骑骆驼在沙丘群里漫步直到下午，我大致预估客人回到民宿的时间，事先烧好洗澡水，准备简餐，让客人在出发前往下一站之前，能够吃上一顿热饭，以热水洗去一天的疲惫，肚子饱饱、一颗心暖暖地上车。

服务虽未臻完美，却绝对是以一颗真心，充满诚意对待每一位前来的客人的，这同样是为什么我希望吸引来的是“对的客群”，毕竟我在每一场工作里，慢慢磨着的，是一份“质地”，而非量与营业额。

很长一段时间，人类对地球的掠夺摧残让我十分愤怒，但光是愤怒无法让我去做更好的事情，不过自毁自伤罢了。书籍《追踪师》系列让我理解，人类确实可以找到与自然和谐生活的方式，森林亦可以因为人类的照顾及参与而更加健康茁壮。

人必须谦卑地向大自然学习，放下城市、世俗、既定的“文明”之眼，才能稍稍贴近大自然的“真相”，无论山林或沙漠都是这样的吧，各自有一套完美运转的体系，有时恰恰“无用是为大用”，好些在人类眼中无益甚至有害的生命形态，在整体网络中却有着独一无二的功能与价值，天地万物无不是由上天一手创造，所有生灵皆为上天喜爱，含藏了某种人类未必能理解的、来自上天的旨意。

像山一样思考，像沙漠一样思考，才能发现围绕在四周的奥秘，也才真的能以另种方式，像个“真正的人”一样地思考。

撒哈拉真实、朴直、瑰丽而强悍的自然能量，改变我许多，也是我最渴望能借由导览与他人分享的感动，一份会留在生命根底的感动。

姿态万千、瑰丽多变的撒哈拉是一个巨大的礼物，但只保留给准备好的人，我和贝桑不过是“领路人”，将人带进沙漠，让讯息与动人能量流向世界宇宙。一个旅者走进撒哈拉会看到什么，那是“灵魂与撒哈拉的前世约定”。反之，若连一点儿时间都吝于保留给探险与发现，又怎能怪沙漠什么都没有，只能骑骆驼呢？

与此同时，对人与土地的付出，让我与贝桑的深度导览有了独特的存在意义。

对外来游客，我们仰赖贝桑对沙漠神奇的理解、绝佳的掌握与熟悉度，以吉普车带领客人安全进出荒芜砾漠，提供了细腻温柔的旅游体验，尤其是那份“与土地的紧密联结”与“来自人的温度”，一般旅行社无法提供。

对脚下土地、当地族群与生灵，我们扎根沙漠，将“照顾生命”与“永续经营”放入具体行动与导览之中，除了让更深入、独特、多元且贴近土地的旅游服务得以存续，也因“在地”，更能照顾关怀当地生态与人。在我们的服务与工作中，有着对撒哈拉深深的了解与爱，这样的情感与付出，是城里(甚至是跨国)旅行社难以拥有的，却能让“永续观光”拥有一丝丝希望。

若问我怕不怕这条路太小众，撑不下去，我的回答只有三个字：管他的！

从人类学到舞蹈再到沙漠志业，我这辈子都在走自己的路，上天并没有因此而不爱我，还为我汇聚了诸多得以在沙漠做事的善因缘，举凡民宿、沙漠种树、社会企业产品、深度导览与摩洛哥环线旅游，不过是行动之一，为的全是背后的理念与整体计划，不只是牟利挣钱。

若我因恐惧或金钱焦虑而屈服于生存(或说市场)压力，首先遗失的，是我推动沙漠计划的那份“初衷”，而迷失堕落，可以瞬间发生。

说来或许没人相信，回沙漠后，我和金钱的关系变得更好了。

打从一开始，我就不求“大”，而是“独特”与“深入”。人一旦物欲低，连带看淡金钱，自然会释放更多时间与能量去做更能创造生命意义的事。我让自己成为一个小小的管道，将真实的撒哈拉带入客人的视线，也让客人的到来帮助当地弱势族群的生存，努力用更能让我愉悦且接近理想的方式走下去。

我从不求强大、连锁或高市占率，反而在意自身的独特性、对人与土地的关注，以及身为观光业者对人与土地的“责任”。我来自台湾，不曾忘却故乡，这份觉知是岛屿在我身上的印记与力量，将民宿命名为“天堂岛屿”，希望将来自岛屿的正向能量用在撒哈拉的生存与志业，因我们同是“地球人”。

无须忙于工作的淡季，我把时间用来认识这块土地、这个国家，或旅行，或访谈，或阅读，或田野调查。每隔一段时间，我都意识到自己的进步。在游客眼里，撒哈拉或许是空无一物的贫瘠荒漠，而我非常幸运得以在此长居，发现自己原来就住在文化宝藏上。

我和贝桑走过许多一般人不可能去的地方，看着散落荒野的断壁残垣，好生疑惑，却无法从当地人口中问出过往历史，只能任由那些“意外发现”累积在心里。

跨撒哈拉贸易线兴盛、骆驼商队往来不绝时，眼前这片焦枯荒漠曾经灿烂富庶，人文荟萃，但要从荒芜沙漠照见过往繁华，除了绝佳运气，更需要很多努力与时间累积。

就像那一回我们带英国游学团登上古城旁的制高点，站在岩山顶端鸟瞰壮阔山谷与翠绿茂盛的棕榈树园，深刻体认水如何带出绿色生命，人的生存与文化发展因之有了可能，进而发展出千堡之路与跨撒哈拉贸易线。当我们沿着田间蜿蜒小径前进，望向车窗外干枯的棕榈树园时，我便突然明白了数百年前，当跨撒哈拉贸易线仍然兴盛之时，此地青葱翠绿的场景。数百年历史化作一份在心中突然降临的“知晓”，明白了，无须多说。

撒哈拉不断改变我看待世界的方式，或者说，让我以不同的观点，站在不同位置去理解北非与地中海史。若想更深入理解曾在这片土地发生的事，首先得破除对现代国家、边界、种族与历史的认知，毕竟大地连绵无尽，而人是流动的，会相互交流、影响，现代国家、国界冲突与封闭的疆界不过是近现代的提法。

得以在一块土地上深耕，衣食无虞地依循自己的节奏认识所处之地，让我活得自在而幸福。

撒哈拉也总是厚爱着我，给我机会学习，学着更深入她的故事里。

与此同时，慢慢地，竟觉自己是在撒哈拉“接住前来的人”，帮客人解决交通问题、安排食宿、回答旅游相关问题。导览时，风起了，太阳太晒了，用餐时间到了，或者客人需要购买某些用品，我与贝桑帮忙处理，尽量让客人玩得尽兴，在这样的工作形态与互动中，只觉自己是“照顾者”而非“观光业者”。即便是为客人洗手做羹汤吧，常觉那是做饭给朋友吃，一份在撒哈拉变出来的台式餐点，再怎么简单，都是一份温暖心意，因我们有缘在撒哈拉相逢。

通常一心笃定来撒哈拉非找我们导览不可的，往往就是“对的客群”，能接住这些人，远比赚多少钱、如何拓展客源更加重要，那让我们的导览不只是工作，更是影响与交流，共享一段撒哈拉时光，一同创造绝无仅有的生命经验。若遇“对的客群”，沟通容易，信赖感足，我们带起来轻松，客人在我们提供的独家导览里，看到前所未见的撒哈拉，肯定我们的价值，彼此都开心。

大家出生在地球上的不同角落，今生能在撒哈拉相遇，是很深的缘。我相当珍惜和每个“有缘人”的相聚，认真地做好导览，心里怀抱的，实是对于生命的敬意。

若雨足,“大湖”再回沙漠,水静无波,映照湛蓝的天
与远方艳红沙丘,静谧美绝

雨足时，野地种子幻化成灿烂花季，证实生命无处不在，
只是静待雨来

在高大棕榈树的庇荫下，农民在绿洲开垦出一亩亩良田，种植多种作物

绿洲里，一条灌溉渠贯穿，
来自坎儿井的水流淌着

坎儿井为一口口竖井，底下由沟渠贯穿，保护水资源不受太阳与风沙侵袭，由水源地引至绿洲农田

沙漠里的绿洲农田

一望无际的旷野，无尽延伸的地平线

藏在人迹罕至的荒野深处的史前岩刻画

海麦田

撒哈拉生态丰富，除了已被游牧民族驯服的骆驼，火鹤在湖泊上翱翔，凤头百灵与伯劳鸟在荒野里跳跃，白鹡鸰在绿洲水畔嬉戏，非洲野驴与沙鸡藏身砾漠，王者蜥随着环境变换颜色

荒地上的羊群与
野地里的小白花

奇山异岩、巨石错落中，藏有美丽珍贵的史前壁画

黑奴音乐村

↑↑废弃的土夯古堡
↑河谷旁的旧时避难岩洞

金色沙丘上的耳廓狐足迹

让商品成为一场文化交流

David Ransom（大卫·兰森）在《公平贸易：呐喊国际商场正义》谈到非洲的定价方式："交易的人彼此看着对方的眼睛，讨论着货物的价值、公平，也考虑对方是否能负担。如果货品不合需求，买者可以马上回以抱怨；若卖者觉得价格太低，也可以另寻愿意出合理价的买者。在这里，价格多少符合人类对生存的要求，也符合诚实与公平。"

对生活在摩洛哥的我来说，事情远不如作者所说的那样美好，没有固定"公定价格"、由买卖双方自由"议价"的方式让我适应至今，时常被摩洛哥商家哄抬物价、伺机敲竹杠。

但换个角度想，我凭什么认为现代消费社会里，某牌商品在每个卖场皆为固定售价便是"公平合理"？价格又由谁来定？订定基点究竟为何？

游牧人家的手工布骆驼

尽管蓬勃发展的沙漠旅游带来一线生机，不少游牧民族投身其中，然而在梅如卡得天独厚、沙子又细又干净的切比沙丘群后方，邻近阿尔及利亚边界的偏远荒漠里，仍然散落着几户维持游牧形态的人家，住在帐篷或土屋里，养着几头羊，虽然已非传统的逐水草而居，迁徙频率仍然相对高，堪称当地最弱势贫困的一群，偶尔可在沙漠深处与他们不期而遇。

生活困顿的他们，往往一碟橄榄油、自烤面包配上一壶甜茶就是一餐，即使是塔吉，锅里也只有洋葱、红萝卜及马铃薯，加上一小块动物脂肪，极少食用肉奶蛋。

在荒野长大的游牧孩子，连双像样的鞋都没有，要不赤脚在满布坚硬碎石的荒地上奔跑，要不穿着不合脚的雨鞋玩耍。孩子们骑的二手三轮车、身上难得出现的新衣，往往来自观光客的捐赠。至于上学，更是难以想象的奢侈。

这群游牧民族维生多半仰赖男丁在观光业打工的收入，有些会提供帐篷让观光客休息、喝茶，挣点养家费，并在帐篷前放置几个自己用破布做的骆驼作为揽客标志，女眷同时做些简单的手工艺品供游客选购。

记得当年造访位于玫菲思与塔乌斯之间的柏柏尔人家时，在起伏不断的碎石小径颠簸了许久总算抵达。典型游牧民族深褐色帐篷不远处的地上，铺了个乡间常见的聚乙烯编织饲料袋，上头摆着传统游牧民族石刀、兽牙和化石，以及柏柏尔女性头巾与手机袋等妇女手工艺品。

该户人家的女主人叫奈丝玛，她先生因在附近一带挖矿，便将全家带了过来，搭个帐篷住下，家人彼此有个照料，也无须支付房租与水电等费用。

奈丝玛与我一同蹲在她的小摊旁，和善温柔地笑着耐心陪我看货，不时随兴地拿起作品解释。我挑了几条她亲手缝制的头巾后，看到一个折成数个弯的长条形物件，形似小蛇，约莫半个巴掌大，以黑色细条纹硬布制成，上头缀着些许珠子亮片，并以两颗细小珠珠点出一双眼睛。我好奇地问她那是什么。

奈丝玛毫不迟疑地将布制物件放在沙地上，兴奋地比手画脚。贝桑说，这是奈丝玛做的蛇。哎呀，游牧民族确实不甚理解商品营销贩卖之道，一般消费者购买时，谁不希望货品干净无瑕，甚至全新完好、未拆封？一看到卖家二话不说地将货品放到沙地上，弄得脏兮兮的，应该会打退堂鼓吧？

小摊上还有个以白底紫碎花布做成的椭圆形物件，约莫巴掌大，两头尖尖的，一头以细小珠珠与亮片缝出眼鼻口，另一头缝了短短一串白珠串，底下细细捏出四条短腿儿。我拿起这奇特物件端详许久，看不出所以然。

奈丝玛说那是她做的鳄鱼。

看着手上这完全不像鳄鱼的布鳄鱼，我困惑极了，问奈丝玛是否见过鳄鱼，她不置可否地说在亲友家的电视中看过。

我忍不住追问：为什么要做一只鳄鱼小布偶？

奈丝玛想了想，说：“我只是想做个漂亮一点的东西，卖给观光客。”

我低头再看布鳄鱼，那白底紫碎花布明显是从旧衣服上撕下来的，鲜绿色缝线歪七扭八，就连缝在鳄鱼背上的白珠珠都已褪了色，不理解之于奈丝玛，“漂亮一点的东西”标准何在。

那时单纯为了支持，我挑了几条柏柏尔头巾与蛇形物件，奈丝玛自然希望多挣些钱，毕竟这儿人烟稀少，不知何时才能再有“观光客”，但她依然给了我一个和善的价格，不似摩洛哥城里诸多商人那般漫天开价。贝桑说：“她才从很远很偏僻的地方搬来，刚做起观光客生意，人还很单纯。”

一转头，我无意间瞥见角落一个状似塔吉锅，但形状有些不规则的蓝色小器皿，约巴掌大。见我询问，奈丝玛说：“这是我亲手做的，用干枯棕榈树枝折成塔吉锅形状，外面再包上蓝色塑料袋做装饰，里头可以装东西。”

我问价格，她想了好一会儿，给了我一个高得让人吓一跳的数字。我面有难色地说：“这价格可以在城里买上一个绘工精致完美的陶瓷塔吉锅了。”

奈丝玛愣了一下，委屈地说：“但是这个东西我做了好久好久，我得先把棕榈树枝想办法裁成一小条，树枝好硬，为了折出塔吉锅的形状，我折了好久，折得手都疼了，真的很难做，我做得好辛苦。”

这话让我不禁感到心酸，抬头看看荒凉大地，做成这蓝色小物的素材就是她在这儿所能找到的、最能变成商品的资源了。不曾受过任何教育的奈丝玛根本没有接受过手工艺品训练，靠着自行摸索，慢慢用棕榈树枝折成塔吉锅的形状，旷日费时，耗尽心力所能做出的最好成品，却也不过如此，我凭什么拿主流市场那套标准来要求她的做工、衡量她的手工艺品的价值呢？

后来我心甘情愿同意了奈丝玛提出的价格，顺口问："你怎么会想做这些卖给观光客的手工艺品？"

她耸耸肩，轻描淡写地说自己生了四个孩子，最大两个孩子为了方便就学，寄宿在小城亲戚家里，家计负担愈来愈重，丈夫的矿工收入虽然稳定，却也左支右绌，某天她见一个朋友靠着做传统手工艺品卖给观光客贴补家用，觉得看似不难，试试无妨。

我又问："你做这些头巾的材料，包括布料、珠珠和亮片是哪来的？荒山野岭的，没地方找呀。完成一条头巾，需要花你多少时间？"

她解释自己都是趁忙完孩子、牧羊与家务杂事之后，每天抓一点时间缝制头巾，平均做完一条头巾需要将近一个月时间，若遇家事格外忙碌，则会超过一个月。每当她发现材料快用完了，便请住邻近一带的游牧人家进城到市集采买时，顺道为她添购，之后再托先生到邻居家帐篷拿取，一来一往，等材料终于到她手上，往往是两个月后的事。

另一次，我和贝桑驱车驰骋撒哈拉，布满碎石的旷野中，映入眼帘的唯有天际线，远远却见一座迷你小帐篷在小径旁对我们"招手"。下车一看，以弯曲树枝与破旧地毯撑起的小帐篷前方，摆置了些撒哈拉特有的化石、手工娃娃与布骆驼等。小帐篷里头虽颇为干净，但所有物件卖相皆不佳，布料老旧，做法粗糙，这里更不是观光客往来处，真不知究竟能卖给谁！

等了好一会儿，一个脸上蒙着白头巾，十一二岁的柏柏尔小女孩匆匆跑了过来，急急忙忙跟我们打招呼。原来这小铺子是她的，里头卖的化石是她从沙漠里捡来的，布娃娃与布骆驼更是她亲手缝制的。

女孩说她经营这小铺子已经好几年了，当初家里要她帮忙挣钱，女孩勤奋懂事，自个儿找了几根树枝，拿了家里不用的破布，简单搭了个铺子便开起业来。小铺子搭在偶尔会有观光客吉普车经过的小径上，离住家帐篷有好一段距离，她平时就在家里帮忙照顾弟妹、捡柴、喂羊，听到吉普车停下来的声音，才匆忙赶来做生意。

我问她生意好不好，被白头巾蒙住半张脸的她看不出任何表情，就只是点点头："偶尔能有个观光客买点小东西，我们家就多点钱吃饭。"

拿起她的布骆驼，整体造型与做法，一只比一只孩子气！材料全是旧布，里头以铁丝弯成骆驼骨架，填些羊毛与碎布，外头缝上剪碎的旧衣，乍看之下真以为是垃圾回收，而非摆在店铺吸引人消费的商品。对于完全没上过学、物资匮乏的游牧人家女孩来说，这样的手工娃娃与布骆驼便是她在自己的资源、知识、能力与经验里，所能做出的最好作品。

是疼惜吧，我挑了两个布娃娃与一只布骆驼，称赞这只布骆驼好特殊！女孩说，许久前有个观光客给了她一个绒毛布偶，陪了她好些年，后来绒毛布偶坏掉了，她便把布偶剪开，做成这只骆驼。而那两个布娃娃，身躯脸蛋是一小截荒漠里拾来的木头，外围裹上女孩在沙漠里所能找到的最华丽的布料，先以旧布条包在顶端作为头饰，再缝上旧塑料珠作为项链，成就女孩心目中那柏柏尔新嫁娘的绮丽优雅形象。

我询问价格，女孩耸耸肩，面无表情地说："随你给多少，就多少呀！"

一个与学校完全无缘的女孩的倾心倾力之作，一间以孩子仅有的资源在沙漠撑起的小铺，就为了给家里换取些许温饱，这几个以旧布制成的娃娃与骆驼得定价多少，才是"合理"的？又如奈丝玛的手工头巾，若算上整个制作流程所耗掉的时间与心力，什么样的定价，才叫"合理"？

二〇一五年回沙漠前，我曾以"社会企业"为理想，琢磨更清楚明确的核心价值，希望能挺过市场考验，同时不忘初衷。

几年下来，我多次尝试为游牧民族制造些许工作机会，无奈观光业已越发专业化，知识匮乏与能力不足让他们的服务总有不到位之处。我也尝试将游牧妇女的手工布骆驼销售到台湾，希望借由改善经济来提高女性地位，试了几次后却放弃了，由于物质与人力资源的短缺，当地没有足以让消费者愿意付出高价购买的商品，游牧妇女手艺不佳，作品缺乏技术性与艺术性，即便将最好的作品摆出来，依然难以引起消费者的购买欲。

几位亲密好友购买了布骆驼，我却很清楚大家掏腰包的原因：除了同情游牧妇女处境，更为支持我的理念与计划。然而，“慈善性消费”无法长久，一旦作品不足以吸引消费者购买，社会企业只能是理想，难以发展成运作良好的商业机制，观光旅游依然是唯一活路。

我转以撒哈拉深度导览为工作重点，将游牧民族的真实处境列入导览内容，带客人深入沙漠，到游牧民族帐篷里喝茶，让他们目睹“气候难民”的生活处境。偶有妇女带着自己的手工艺品来兜售，客人往往欣然买单，这一来一往的交流、意义与影响反而更直接、更单纯。

另一方面，一如二〇一六年春我与贝桑办婚宴，为了弥补台湾亲友无法出席的遗憾，我们准备了茶、糖砖、油、古斯米及婚宴的肉品等，一一分送给沙丘后方的游牧人家，就像邀请他们代替台湾亲友参加婚宴般，我转而以物资分享为主。导览时，若有客人留下衣服、鞋子或任何物资，我们会再买些蔬果，一同送到贫苦游牧人家手中。

三叶虫化石

远古时期，撒哈拉曾是一片汪洋大海，因之在沙漠深处藏着远古生物活动过的痕迹——化石。

这些海洋古生物化石在开采、打磨后，成为可贩卖的撒哈拉特产，养活了沙漠里一户又一户人家。游牧民族贩卖的化石，最常见的是三叶虫与平旋状菊石，单颗菊石经简单打磨可做项链坠饰，较大的块状化石则可制成高级卫浴洗手台，全以外销欧美为主。

化石泰半藏在无人荒野处，不少因干旱而一无所有的游牧民族背着简单的工具、食物和饮水，走路或骑脚踏车前往荒野，在那儿待上好几天，凭着经验与耐性开采。有些化石暴露地表，较容易被发现、捡拾，但往往已风化、损毁，卖相不佳，珍贵且品相较优者，需顶着烈日或寒风辛苦挖掘。在荒芜的沙漠里，人一会儿就累了，但这儿是化石挖采工求一家糊口之地。若能幸运挖到化石，再想方设法将化石原矿送去给专业师傅打磨，准备贩卖。

贝桑家就是最真实的例子。

一如邻近地区所有的游牧民族，贝桑家因沙漠化而失去大批牲畜，在贝桑十岁左右走入梅如卡绿洲定居时，家中六个弟兄除了长子为矿工，全做一模一样的工作：上山开采化石并向观光客兜售。事实上，这曾经是附近一带多数男人的工作。

观光淡季时，他们几个堂兄弟与朋友结伴，一行人骑着破旧摩托车，载着睡袋、水及简单食物，摇摇晃晃沿着崎岖小径，前往更加遥远荒芜的山头开采化石，那儿无水、无植被，更无人类。

挖矿时，几个人就着睡袋露天而眠，饿了就啃自制简易面包，拌着一丁点带上山的蔬菜，水用完了就到邻近聚落的水井取水，艰难地在蛮荒寒凉之地过上一两个月。

裸露在外的矿脉，上头依稀可见藏在里头的化石痕迹，矿脉坚硬，难以开凿。游牧民族的采矿工具极为原始简单，他们仅用锄头、圆锹，小心翼翼将矿脉敲成较小石块，再背着沉重背包，亲自扛下山，到小城找师傅打磨、抛光，卖给前来旅游的观光客。

当年初识贝桑时我就问过他为什么不把化石卖给观光用品店，省得自己找观光客，他摇头："开采化石的艰劳辛酸，若不曾身处当地，外人绝对无法想象！游牧民族求的不过是仅供生存的一口饭，店家把收购价格压得太低，根本是欺负人！卖给店家没赚头，不如自己找观光客，慢慢解释游牧民族生活困境，有些善良的观光客出手大方，会多给一点钱，我们收入还好些。"

为了贩卖化石，往往天未破晓，广袤大地尚空无一人，游牧民族便就着微弱烛光起身更衣，准备迎接骆驼与吉普车于天亮时载来的唯一财源——外国观光客。他们在晨曦笼罩下稀稀疏疏地朝沙丘聚集，向或骑骆驼或开吉普车来沙丘欣赏日出的观光客兜售化石，待朝阳升上天际，暗夜退尽，观光客迅速散尽，再一一返回部落。

为了方便清晨卖化石，游牧民族往往在无水、无电、草木不生的蛮荒地夜宿简陋泥屋。贝桑年轻时徒手盖的过夜小屋是他花了三个月从很远的地方挑土、担水，和成泥块，干了之后再一块块叠起来的，建材全取自大自然与废弃物。小泥屋高度不过成年人身高，勉强可在室内站立，入口仅摆着一座简易火炉，破旧小桌上散落着伤痕累累的茶具，铺在地上沾染沙粒的毯子就是就寝之处。日间照明仅靠两扇纸张大小的窗，夜间则使用烛光。

长期过度开采，化石已愈来愈难取得，先前游牧民族还可前往几个特定地区捡拾，此时则必须跑到偏远山区挖掘，且越挖越深才找得到些许矿脉，大型化石更是罕见。然而，游牧民族并未因“物以稀为贵”而改善生计，特殊客源与稳定通路依旧掌握在观光用品店店家手中，独立采矿的游牧民族无法找到化石收藏家，仅能以低价随机卖给观光客。

雪上加霜的是，长期以来，游牧民族生计极度仰赖观光客，不少饭店业者利用这个难以撼动的事实，要求游牧民族免费当骆驼夫、带住宿饭店的观光客游沙漠，好换取向观光客兜售化石的机会。这种剥削行为几乎已成惯例，毕竟部落多的是苦无工作机会的年轻劳动力，饭店业者掌握的可是当地经济命脉，是直接与观光客接触的第一线，若有人不肯任其摆布，饭店业者大可再找愿意屈服的合作对象。

早年化石稀少，游牧民族若能将化石卖给前来旅游的欧洲观光客，收入好些，近几年由于货物流通，摩洛哥各大城市与景点皆可见化石贩卖，不似以往珍稀。

见着一颗颗化石从撒哈拉坚硬胸脯里被挖出，流向观光客手中，我矛盾困惑：化石已愈开采愈少，那是撒哈拉的血与肉，是否还要将古老生命印记带离沙漠？

无奈，当雨不来，水不在，再无生命，撒哈拉便只能以血、以肉，掏出过往的生命印记，喂养游牧子民。

前往遥远蛮荒之地开采化石并贩卖给观光客，已是当地游牧民族少数可以换取些许现金的谋生方式，若连这一丁点经济来源都无，数量难计的游牧子民势必更无法在他们的故乡沙漠生存。

我们曾行经一处住户极少的聚落，满脸沧桑疲惫的女主人拿了一大块自制面包与一碟橄榄糟粕压制而出的廉价橄榄油接待我们，虽说粗糙无味，却已是这家人最好的食品。

女子说，全家经济仰赖丈夫到偏远山上开采化石，再拿到小镇抛光，卖给观光客。她平时照顾几头羊，但附近全无水草，每天都得赶羊到好远的地方吃草，羊儿依旧骨瘦如柴，卖不了几个钱。

同为游牧民族后裔的他们其实直到几年前依然在沙漠四处迁徙，逐水草而居，沙漠化让他们失去所有的牲畜后，只得朝聚落移动，偶然发现这间废弃土屋便住了下来，虽然没水没电，好歹全家有个栖身地。

走进她昏暗空荡的厨房，墙面被烟熏得乌黑，没有瓦斯炉或冰箱等电器用品，角落有个土灶，柜子上摆着几副餐具，丝毫不见食物踪影。

湖畔那对父子同样让我难忘。

年约五十的男子一身游牧民族白长袍与褐长裤，头包布巾，背着破旧背包，带着一个五岁小男孩。我与贝桑朝他们走去，打过招呼后，男子才将“商品”自背包里拿出，摆在地上，一一介绍化石品种以及从哪里辛苦开采回来。

男子说自己不曾上学，每天跟小孩带着自己挖掘打磨的化石到湖畔向观光客兜售，从清晨守到日落，只有午间烈日过大且无观光客造访，两人才回家休息。观光旺季时还可勉强糊口，若遇淡季，数月毫无进账。

环顾毫无树荫或任何遮蔽物的四周，我至今无法想象他们如何度过为烈日曝晒的分分秒秒。

好几次了，贝桑问我要不要帮他亲族友人卖化石，我不肯，希望导览单纯是导览，不要有任何“贩卖”。更何况我对化石的“国际公定价格”一无所知，却怕人家跟我议价、建议我该怎么做。摩洛哥奸商多如牛毛，杀价是常态，但在沙漠里向游牧民族购买化石，却是不同语境。

一块撒哈拉化石该定价多少？

之于我，那是撒哈拉的过往与记忆，那是沙漠曾是海洋的证明，那是已然消失的生命曾在此繁衍兴盛的遗留。远古生物能以石头的形态保存下来，是一场奇迹，更是地球海洋古生命的遗迹，每块化石各有姿态，一如每个灵魂的独特性。古老生命的印记，无价。另一方面，如果没有深谙沙漠地质特性的当地人辛苦开采，化石依旧藏在荒郊野外，贩卖一块石头的所得足以让一家温饱，这样的“商业交易”性质与意义，究竟该如何定价才“公道”？我没有答案。

直到那一年，我偶然和贝桑前往化石开采地，结识了他的挖采工朋友与化石打磨师傅，目睹了挖采工如何在除了石头就只有石头的荒地里辛苦地开采化石，打磨师傅又如何使用简单工具慢慢地将数亿年前的三叶虫化石从原矿里唤醒。他们对沙漠的爱与对化石的熟悉，以及那份朴实单纯感动了我，这才终于点头，将化石带回来，就在民宿里转售给我们的客人。

为了代售化石(以三叶虫为主)，我开始接触相关知识，慢慢建构对三叶虫的基础知识，摸索三叶虫的独到价值，希望储备多一些的自信与说服力。也用脸书与网络等成本最低且相当方便的工具寻找买家，甚至托相熟的台湾旅行团帮忙带回台湾后再寄出，节省国际邮资的同时降低销售门槛。这些，全是第一线化石挖采工缺乏的“资源”。

看到客人真心喜爱从我手中买去的化石，我开心极了！愈加觉得自己只是一个管道，一个让三叶虫从撒哈拉流通到台湾新家的管道。它会被珍惜、欣赏，因为购买者真心喜欢她／他挑选的那颗三叶虫。而这一场穿越数亿年，从撒哈拉到台湾的相遇，过程中有“爱”，挖采工有了养家费，远不只是制造了更多碳足迹的商品消费而已。

原生植物花草茶

摩洛哥拥有丰富多元的茶文化，这儿的茶使用的是中国进口的绿茶，以小火慢煮并加糖，呈现独特的茶滋味，并因区域不同，各有特色。大都会偏爱在茶里添加新鲜薄荷，成了外国游客口中的“阿拉伯薄荷茶”，乡间山村喜好加入新鲜香草植物，撒哈拉则有独特的原生植物花草茶。

沙漠物资不丰，游牧民族善用手边所有资源满足日常所需，甚至平添生活趣味，数种生长在荒野的原生植物因之成为游牧民族随手可得的医疗保健用品。把沙漠原生植物与茶叶一同放入搪瓷小茶壶，置于炭火上慢煮，加糖，再于玻璃杯及茶壶之间反复倾倒，便能冲出一杯带着撒哈拉独特香氛的甜茶。由于所用原生植物不少是撒哈拉的药用植物，游牧民族相信这茶“喝了对身体好”。

梅如卡沿着沙丘群建村，沙丘上的沙子格外细腻、干净且艳红，人们相信这样的沙子有着“安拉的祝福”。梅如卡不仅吸引国际观光客，夏季更将涌入各地的摩洛哥人来做沙浴——将身子埋进被艳阳晒得热腾腾的沙子里，逼出一身汗后，清理身上的细沙与汗水，饮下一杯滚烫的撒哈拉花草茶，驱逐体内湿寒毒素，恢复身心健康。

渐渐地，原生植物干燥后混合制成的花草茶成了撒哈拉特殊文化的表征，各家配方自有巧妙且不外传。也因撒哈拉野生植物的疗效颇负盛名，不仅在沙漠城镇可见传统草药铺，城市里也可发现它们的踪迹。

贝桑的朋友A先生忠厚老实，年纪比贝桑大几岁，家境不甚宽裕，早婚，又无兄弟可在工作上拉他一把，全靠他自己一个人到处打工养老婆和四个小孩。也因很年轻就出来工作挣钱，除了每年夏天的沙浴季节从不缺席——顶着大太阳将沙子堆在客人身上，喂客人喝水，协助客人清理身上的沙子并擦去排出的汗水，再饮上一杯花草茶——所有在沙漠能干的活儿他全做过，也都做得好，真真“吾少也贱，故多能鄙事”。

多年经历让A先生偶然获得了一个花草茶配方，辅以他对撒哈拉原生植物花草茶难能可贵的知悉，与贝桑讨论后，两人加以改良，让整体口感更温润馨香。有些野，那是荒漠的幽香；微微刺激舌尖，那是大地的不驯。若单纯以热水冲泡，金黄茶汤依旧馥郁温润，自舌根漾出的轻微苦涩，那是脚踩砾漠碎石的刺疼。而将这些旷野芳香植物经过适当比例调配后，却又尝得出传统草药智慧的底蕴，滋味迷人。

二〇二〇年初春全球疫情暴发，阻绝国际旅游，等同断了所有仰赖观光业的沙漠人的生路，其间国门虽曾开放，二〇二一年年底却再度因疫情攀升而锁上。想到继续在沙漠耗着只能折损心志，既等不到观光客，更不可能有任何收入，我向贝桑提议到北部里夫地区走走。那儿有海，离西班牙近，之前不少外国游客取道西班牙，搭渡轮，从丹吉尔（Tangier）或西班牙飞地休达（Ceuta）及梅利利亚（Melilla）入境摩洛哥，在这个所有观光业者都不知未来该如何走的阶段，或许我们可以从里夫一带的现况瞧出端倪，规划未来。

几天后，贝桑说想邀请A先生同行。每年夏天，很多里夫人都会特地来梅如卡做沙浴，也很喜欢撒哈拉的花草茶，往往都会买些带回去。贝桑和A先生计划带着自己调配的花草茶到里夫兜售，摆摆地摊，希望多少有些进账。

接下来几天，他俩先到城里批些已经干燥且可入茶的撒哈拉原生植物，再在民宿院子里一小把一小把地细细筛拣枯叶杂物，掸去粉尘，以纯手工的方式将干燥植物彻底清理一遍后，再依一定比例混合，装成一包包茶。

两人同时兴奋地讨论该如何在里夫呈现撒哈拉原生植物花草茶的独特滋味，我建议带张地毯，方便摆摊，A先生带了旅行用瓦斯炉，想在摆摊时煮茶让客人品尝，直说这么好的茶，客人喝了一定会买。贝桑带了撒哈拉传统长袍，说是一穿上，大家看了就知道他们是真正的沙漠人。

抵达丹吉尔后，我才发现除了茶，他们还带了数箱椰枣、椰枣酱以及磨成粉状的药用植物，显然对摆摊挣钱一事有所期待。而最奇特的莫过于一罐罐装着白色固状物的小玻璃瓶。贝桑说那是骆驼油膏，是A太太特地到市集购买新鲜驼峰脂肪，以贝都因传统古法亲手熬制而成的，可涂抹在身上保护皮肤，或当成按摩油。

我这才慢慢意识到，不仅A先生渴望多点收入，就连A太太都紧紧抓住可能的挣钱机会。贝都因传统将养家糊口的重担全然交付给男性，由此可以想见疫情对经济向来不甚宽裕的他们造成多大压力。霎时，我竟也有些心情沉重。

与西班牙仅隔直布罗陀海峡的丹吉尔虽然是座经济活动多元的国际大城，仍不免受到疫情冲击，街头完全不见外国游客，相当冷清。无暇感伤的贝桑与A先生在城里转悠，四处询问何处允许外地人摆摊。原本锁定传统市集，可他们毕竟是沙漠人，对拥挤混乱且龙蛇杂处的地方避之唯恐不及，寻觅许久，终于在傍晚选定了滨海公路，简单地打开后车厢，让路人可瞧见里头的茶与椰枣，两人便宛如沙漠般寂静地展示商品，等候着。

我说在台湾摆摊都得大声吆喝叫卖，这么低调的话，路过的人哪知葫芦里卖的什么药？想赚钱就不能害羞呀！贝桑便要A先生穿上传统长袍当广告牌，自己却推说怕尴尬而不穿。

总算，接连几天在公路旁晒太阳、吹海风，他们成功卖出了几包茶与椰枣，两个人高兴得和孩子一样！可惜好景不长，警察前来驱赶，我这才明白为了避免引起警察注意，他们只能以低调隐微的方式兜售。

在丹吉尔摆摊的希望泡泡被警察的哨声吹走后，我们沿着海岸线驱车前往萧安。这座知名的蓝白山城一如梅如卡，经济上越来越依赖观光客，是往昔全球网红拍照打卡不停歇的“蓝色珍珠”。当疫情阻隔了游客，只剩当地居民在蜿蜒巷弄里走动，穿梭其间的小推车不再载满货物与游客行李，唯有不以观光客为主要客群的菜贩较不受影响。

A先生见市集里有几家卖茶的铺子，一家家询问是否愿意收购撒哈拉原生植物花草茶，店家纷纷摇头。大疫之下，哪家铺子不是囤货难以出清，又怎么可能进从没卖过的新货？

显然同样苦于疫情的山城居民无意买茶，沮丧的贝桑与A先生想往下个城市碰运气，越发让我感受到落在他们肩上的经济重担。

离开萧安，我们沿着海岸线继续前行，本应游客络绎不绝的海滩、饭店与商城空无一人，度假村宛若鬼城。那时，摩洛哥与西班牙外交关系颇为紧张，西班牙飞地休达和梅利利亚与摩洛哥之间的国界依旧关闭，不知何时才能重现外国游客搭着渡轮前来的光景。

我因一整车找不到买家的花草茶而忧伤，更不愿这批茶从撒哈拉出发，走过山，看过海，还得一路踉踉跄跄跟着我们回沙漠，便试着在脸书帮忙兜售。让人惊喜万分的是，好几个台湾朋友隔海下单，让这批茶有了“国外客户”，就连A太太亲制的骆驼油膏都销售一空。

万万没想到，最大困难竟是出货！疫情重度影响国际物流，不仅邮资飙涨，包裹遗失风险亦高，摩洛哥时不时就拒绝受理寄往台湾的包裹。克服万难终于将包裹寄出后，我立刻请贝桑将茶款与骆驼油膏盈余转交给A先生。

没人想得到里夫摆摊体验竟终结于台湾乡亲的善心认购。从海边返回沙漠途中，A先生眉开眼笑，买了些新衣给孩子们，快到村子时还特地前往传统市集采购，瞧他宛若拎着战利品般将新鲜蔬果奶蛋堆上车，谁说他不是在外打赢摆摊卖茶之战的英雄呢？

贝桑和A先生特调的花草茶配方内含八种植物，唯一的花来自盛产玫瑰的凯拉-姆贡纳(Kelaat-M’Gouna)，品种为大马士革玫瑰，也是配方里唯一以人工种植的植物，其余七种全是采自野地的撒哈拉野生植物，当中我只认得喀门索菲(Camun

Soufi)，因为贝爸。

贝爸很喜欢绿色生命，也是贝桑家族唯一发自内心想和我一起在沙漠种植树苗与其他作物的人。过了大半辈子游牧生活的他，对沙漠每个区块的植被都了如指掌，每逢春季便要儿子们载他到荒野割野菜，嫩的可给家里煮来当色拉，老的、粗的喂羊。对绿色生命的喜爱让贝爸成为家族邻里的药用植物咨询对象。一有机会他就会前往荒野摘采可供药用的野生植物回家整理，夏天沙浴季也常拎着自己调配的茶四处兜售。有一回甚至老练地对我说，如果要卖茶，就要穿上破旧的衣服，客人比较容易掏腰包。

有一天，贝爸拿了个塑料袋给我，说是送我的礼物。我好奇打开一看，是一把淡金黄色的植物，上头有着细细的茸毛，模样挺可爱的。贝爸说这是煮茶用的，喝了对身体好，还握着拳头在肚子前面画圈圈。贝桑解释，淡金植物叫喀门索菲，是游牧民族的药用植物之一，可整肠健胃，清除体内秽物，缓解肠胃不适，味道又好，家里人都很喜欢，贝爸尤其爱喝。

正说着，贝爸直接走进民宿厨房，精心为我煮了一壶加了喀门索菲的茶。我尝了一口，惊讶地发现那滋味好极了！正如茶里多了一道黄金糖般的甜味——是嗅觉也是味觉的，呼应喀门索菲本身的色泽，带着土地的能量，那是连绵沙丘的金亮且温润，却又如风一般地轻盈流动，柔和了中国绿茶的苦涩，在小火慢煮下，化成一杯带着大地底蕴与焦糖香的金色茶汤。

尔后，只要贝桑身体不适、疲惫、压力大，或者单纯想喝好茶，贝妈就会为她娇弱的幺儿煮一壶加了喀门索菲的甜茶。贝桑喝下热腾腾甜滋滋的茶，蒙头大睡一觉，身心便同时获得了家族之爱与喀门索菲的疗愈。

见我对喀门索菲充满兴趣，三哥告诉我，喀门索菲生长在某些荒野地带，是安拉照顾的，滋味才会这么好。我好奇询问喀门索菲生长在何种地质或区域，三哥只说就在撒哈拉，但没有人比贝爸更清楚。

三哥回忆道，有年干旱相当严重，接连饿死了家里好几头羊和骆驼，贝爸贝妈愁容满面，不知日子该怎么过下去。这时，在西撒游牧的亲族托人告诉贝爸那里下了一场雨，贝爸一听，赶忙收拾衣物，贝妈本以为要赶羊去吃草，万万想不到贝爸将羊群与贝妈留在原地，只带上年纪最大的三个儿子往西撒直奔而去，一路又是搭便车，又是坐巴士，又与多人共乘大出租车，不时还得在烈日下步行，花了好几天终于抵达西撒后，父子四人带着水与椰枣一个劲儿往沙漠深处走。

也不知走了多久，竟然来到一大片长满喀门索菲的荒野。贝爸得意地对儿子们说："如果赶羊来西撒吃草，羊还没长肥，草就没了。我知道这里一旦有雨，喀门索菲就会回来，我们采天生天养的喀门索菲回去卖，会有钱的。"

三哥记不得和爸爸与哥哥在荒野待了多久，只记得那年他们采了好几大袋喀门索菲，卖了不少钱，不仅能搭货车回村子，还有钱渡过旱情难关。三哥叹了口气："游牧民族生存不是仰望天，就是依赖地，那年还好有喀门索菲……”

我从没想过，有天能亲眼在荒野看见喀门索菲。

贝爸逝世那年，秋雨足，大地染上一片绿意，我与贝桑带着两个侄子一起到荒野走走。一处布满坚硬黑砾岩的山丘上，就在板状砾石间，铺了厚厚一层从沙丘吹过来的细沙，其间生长着某种植物。我好奇弯腰一瞧究竟，只觉那上头的种子样貌奇特，似乎有些眼熟，定睛一看，嗬，竟然是喀门索菲！原来喀门索菲是生长在撒哈拉岩砾细沙间的一种植物的种子！

我赶紧叫贝桑来确认这是不是喀门索菲，他点头笑着说，贝爸生前有时候就是亲自来这样的地方摘采喀门索菲回去做茶的。

两个侄子闻声过来，低头看了一眼，抬起头开心笑着说："这是喀门索菲，阿公最爱的茶！"我们四人久久不语，共享一份对逝者的怀念。

我望向远方，整颗心被一股强烈感动揪得紧紧的。

植物无法生长在板状黑砾岩上，但砾岩与砾岩之间堆积着风送来的细沙，让雨水得以含藏，当风携来了喀门索菲，不偏不倚落在砾岩缝隙间的细沙上，就在沙子保住的那一丁点水分的滋润下，一株绿色生命便能昂然生长于砾漠，种子还可舒缓游牧民族的身体不适，让单调的饮食多些变化，或成为可流通市场的商品，让沙漠子民多些收入，甚至，成为世代传承的思念。

石膏雕像

摩洛哥有着丰富多元且历史悠久的手工艺品，用于建筑的装饰艺术更是一绝，如木雕、马赛克与石膏雕刻等。

传统石膏雕刻相当优雅细腻，讲究精准对称，通常用来装饰清真寺、皇宫与豪宅的墙面上部、拱廊与天花板等。

据信，石膏雕塑缘起于美索不达米亚，西班牙摩尔人将此艺术推向巅峰，进而将精致的马赛克、石膏雕刻与木雕艺术带入摩洛哥。十三世纪时，石膏雕刻即出现于摩洛哥建筑装饰，通常作为方形房间上部和圆顶天花板之间的过渡元素。基本上，安达卢西亚风格的建筑装饰由三层不同的工艺组成：地板与墙面下部为马赛克，上部为石膏雕刻，顶层天花板以木雕装饰，各有专精的师傅，普遍使用于清真寺、伊斯兰学院、皇宫与富豪屋舍等。

进入现代，石膏雕刻仍活跃于室内装潢，然已简化，多半用来装饰天花板。

偶然间，于千年古城下，敦厚古朴城墙旁，我遇见了一位石膏雕刻师，独自坐在城墙旁，手上握着石膏，以专业工具细细雕刻着，身旁摆着他的作品，或人物，或动物，甚或想象的世界。偶有观光客经过，他抬起头，只是微笑，却未出声叫卖。我好奇蹲下，逐一细看他的作品，那塑像朴拙优雅的容貌，刀工纯熟细腻，让人赞叹！

我忍不住与他攀谈，得知他年约五十，名为哈立德，家中世代皆为石膏雕刻师，从小跟着大人学习雕刻，只读过几年书，时代的转变让人们对石膏雕刻的需求少了，为了生计，父亲开始尝试雕刻具象作品，向观光客兜售。他很年轻便跟着家族走入这一行，除了石膏雕刻，不曾做过其他行业，甚至无法想象让石膏雕刻缺席的日子该如何过。

我问，伊斯兰艺术多是抽象的，传统石膏雕塑无具象作品，他是怎么雕刻出这些女人、男人与动物的呢？

他指指自己的脑袋，说："我自己想象、自己摸索的，我看着一块石膏，我很熟悉石膏，看着看着，我就看到了。"

我瞧瞧手上的雕塑，是啊，他所雕刻的，正是他生活的世界啊，以布巾包裹身躯的伊斯兰妇女，包着头巾的男人，长发飘逸的女子，抑或鸟、骆驼与大象，莫不是北非传统生活的写照呀。一道道细细的刻痕落在米白色石膏上，蜿蜒流畅，雅致脱俗，让整个雕塑活了起来，是带着童趣的活泼纯真，却又有着古老技艺的沉稳内敛，细腻的刻痕和谐对称而不落俗套，人物容貌尤其安详，静静望着世界；是古老城墙的敦厚，是历史的恒存，是传统工艺的保存，也是石膏雕刻的现代艺术演进。

向观光客兜售作品的收入并不稳定，我问他生意好吗。

他淡然笑着，只说日子还过得去。

最让我激赏的是他那浑然天成的创造力，能在一块石膏里看见生命，有些作品不仅是立体的，甚至是双面的，大象背后藏着坐卧的男子，优雅女子背后有着羽翼华丽的待翔鸟，而一个以布巾包裹全身、遮住脸庞，只露出一双眼的女子，背后则是蓄着胡须，衣着高雅的男人。状似无关的组合，天马行空地落在一块石膏上，激发无限想象，是一篇篇绝美的人间故事。

在古城石膏雕刻师身上，我感受到一种怡然自得的淡泊喜悦，当时代持续往前推移，带着古老底蕴的工艺并未死去，而是转变形式，静默地与古城同在。

柏柏尔妇女手织地毯

阿特拉斯山区柏柏尔妇女手织地毯精致特殊，上头的图案不仅是装饰，更是文化符码，含藏对幸福丰盛的期许、对生命的守护、自然环境及日常生活的剪影，甚至很可能是一封情书。可惜的是，商家未必知悉地毯上的讯息，忽略文化密码的解读，单纯把地毯当观光商品贩卖，丢失了传统文化与动人故事。

好比我偶然遇见的那唯一一条蓝绿色地毯。

柏柏尔妇女偏好自行将羊毛手染成想要的颜色，各家自有不外传的配方。阿特拉斯山谷田间可种些蓝染植物，蓝色地毯又有抵挡邪恶之眼侵袭的文化意涵，靛蓝色因此成为柏柏尔妇女偏好的颜色之一。

这条让人惊艳的蓝绿色地毯仿佛有光！那优雅洁净的色调是久旱甘霖后的撒哈拉天空，是大水再归的澄净湖泊，亦是波澜不起的无尽海洋，在混浊人世间，发亮。从来没见过如此蓝绿色调的我完全无法移开视线，急问商家这地毯出自谁人之手，颜色是怎么染出来的。

商家耸耸肩，不知地毯来历，只在乎我到底买不买。完全无法抗拒的我以高价将这条地毯带回了沙漠，爱不释手。除了这蓝绿色调堪称神奇，创作者更是心思细腻，地毯上方悬挂着南十字星符号，右方坐落一颗以红绿黄黑白与蓝织成的八角星，恰是最典型的柏柏尔配色。

不仅如此，柏柏尔符号密集地点缀整张毯面，邪恶之眼、田园、阿特拉斯狮脚掌、南十字星，甚或城堡，还有一些我认不出的符号，热闹活泼且不失雅致细腻，将一幅山间生活景致藏在地毯里，欢愉、丰富、鲜明，却又调皮地要人猜测当中的故事。

那年我们沿着千堡之路探索文史时，我正着迷地望着早因人去楼空及风吹日晒雨淋而成废墟的古堡，想象曾有的故事，一个年约三十的男子朝我走来，客气地带我在废墟里走了一段路。

我明白男子的出现绝非偶然，若非导游，便是想做生意。

果然，逛完古堡废墟，男子邀请我到家里喝茶，我不好推辞，便随他走进古堡邻近的棕榈树园。没料那里竟有一扇完好的门，门上一块铁板招牌，简单标示着女性手织地毯工作坊。进门一看，两位女性正在编织机前忙着，年长那位朝我笑了笑，手上的活儿不曾停歇，较年轻那位年约五十，自称是男子大姐，热情亲切地向我展示了梳理羊毛、卷毛线与地毯编织等技巧。

大姐说，他们兄弟姐妹共六人，虽已各自婚嫁且另建现代水泥屋舍，因不忍老宅破败，齐力稍微修缮后便作为营业用的编织工作坊。姐妹与妈妈每天回老屋织地毯，一条地毯的诞生，从剪羊毛、梳毛、捻线、染色再到合力编织，所有细节不假他人之手，全由家族女性协力完成，尔后再将成品交由家中男子贩卖给店家或游客，贩卖所得除了养家，也用来继续整修屋舍。偶尔会有认识的摩洛哥导游带些欧洲游客来参观工作坊，让她们获得较好的收入，甚至曾经接待法国摄影团队，让传统地毯编织机与老宅出现在纪录片里。

得以走入极少数尚未化作尘土的古堡(人类物质遗产)，悠闲地喝茶聊天，看着柏柏尔妇女以代代相传的古老技法编织着地毯(人类非物质文化遗产)，冬阳和煦温柔，空气安静得只有编织的声音，时间仿佛就此凝滞，瞬间永恒。

这间硕果仅存的百年老屋虽非富贵人家的豪宅，却完全呈现了旧时的建筑结构与生活方式，朴实简单又不失雅致，人的温度与家族情感在空间里流动，历史印痕就在一砖一瓦与斑驳土墙里，温婉细腻。

最难能可贵的是手足齐心协力，让土夯老宅与传统编织工艺得以传承。这样的手织地毯让我感动，带了几条回沙漠，再转售给找我们导览的台湾游客。也因为帮忙卖地毯，有了一份信任，她们更愿意敞开心房对我说实话，让我获得更多更真实的第一手田野资料。

将地毯从山上带回民宿后，我很爱一张张阅读，练习解读一个个符号的含义，拼凑地毯上的讯息，说与他人听。之于我，地毯不只是值得观光客收购的纪念品，更是传统庶民艺术，若能好好地诉说地毯的故事，不仅能觅得适合的买家，也能让购买者与地毯产生更个人、更深刻也更紧密的联结，这张专属于购买者的地毯也将带来更多感动与喜悦，以及对异文化的理解。

我不曾试图强迫推销，总相信美好秀逸的手工艺品有灵魂，会召唤最爱它的人来带它回家，而我就像一座桥梁，试着解开文化密码，让购买者在万千地毯里，认出它来。

从我手中流通出去的每一条地毯，都是我和贝桑到阿特拉斯山上，一一拜访柏柏尔妇女或小铺子，精挑细选而来的。我会迅速解读一条条地毯上的柏柏尔符号，挑选含义最丰富深远，编织最优美、雅致且和谐，有故事、会说话且有“光”的作品。即便小地毯流通较易，我却真心觉得精彩作品往往大件，总得格局够，空间广，才能让柏柏尔妇女的技艺、想象力与创造力自由挥洒。

二〇二二年斋戒月期间，我试着借由脸书，将手边几条柏柏尔手织地毯销往台湾。虽然当时邮资高昂与包裹邮寄的不稳定让消费者却步，然而每一条手织地毯都是独一无二的，一旦被命定的伙伴“看见”，真心喜爱与灵魂相呼应让订购者愿意承担高昂邮资与邮寄风险，在这样的订单里，多了一份一般网购所没有的义无反顾。

那一条于山间偶遇的蓝绿色地毯，就是这样被“看见”的。

这条我一见便再无法移开视线的蓝绿色地毯为植物手染，颜色不均，却有非刻意做出的渐层效果，在中间偏上的地带，一条深蓝色落在那儿，出奇地引人目光。整张毯面由几条对角线切割成数个菱形，在菱形中央，坐落或大或小的菱形，在上层与下层散落着半个菱形，地毯上下以柏柏尔独特的黑白交织开启并结尾。

仔细端详这地毯，我忍不住笑了！

柏柏尔传统地毯文化中，蓝染及菱形可说与“法蒂玛之手”同义，能抵挡邪恶之眼的侵袭，避邪、护生、祈福。这条地毯不仅底色为靛蓝，整个画面又是对角线切割成的菱形空间，又是以红黄橘线织成的菱形符号，上下那两排如火焰般的半个菱形暗示开始与结束相连接，无始亦无终，因而生生不息。

嗬，我还真没见过哪条地毯如此张扬狂放地传递抵挡邪恶力量侵袭的讯息，且就这么唯一一个讯息，神秘的，仪式的，灵性的，纯粹而强大，野性而流动，大剌剌地向这世界展现抵挡邪恶的决心。上下那两道黑白交织，细腻雅致且繁复，风格似乎与狂野的蓝绿色调相悖，却又有着某种微妙的和谐，以细琐优雅的黑白交织，柔和了蓝绿毯面的狂野直接。

我向柏柏尔妇女询问这条地毯的“身世”：由谁所织？为何如此编织？是否有特殊意涵？她们面面相觑，耸耸肩，只说邻近一带的妇女相互流通地毯，协助彼此贩卖，这条地毯应该出自一位柏柏尔老太太之手，但无人清楚来历。

狂野如非洲，沉稳如山脉，色调变幻如天与海，面对邪恶力量且毫无畏惧，如此张扬大气的地毯让我毫无招架之力，带回沙漠后一度动念留在自己身边，却也深知这毯属于另一个更适合的人。

在脸书宣告流通地毯数天后，我收到一则陌生信息：买了两瓶骆驼油膏，表明期待看到待售的地毯，无意间说了句，如果买了，“我会将它当成带领神圣课程时的圣坛布”。这话让张扬狂野的蓝绿色地毯倏地闪过眼前，我传了照片给她，便也就是了。

她这才说自己是灵性疗愈师，与我联络前刚刚带完光的课程，巧的是，这条地毯上的红黄橘线条，竟呼应了她正使用的平衡油配色。

她谢谢我成为彩虹桥(信息使者)，让她觅得一条强大的地毯，我则因这一连串的美丽巧合而赞叹不已。

另个美丽感动来自一条白色长毛地毯。

那年在山上，我走进了一位柏柏尔老太太屋内，成堆手织地毯里，其中一条仿佛泛着珍珠般的光泽，折射出世界的缤纷绚烂。

那是一条由纯羊毛手织而成的白地毯，从剪羊毛、清洗、梳理、捻成毛线再到编织，完全不假他人之手，由家族妇女花费数月协力完成，长一百七十厘米，宽一百二十厘米，重达四公斤。

在同类型的柏柏尔长毛白地毯里，这是我见过的最特出的一条，整条白地毯的故事由上方一排连绵起伏的阿特拉斯山脉揭开序幕，偌大毯面散落着一个又一个彩色的符号，看似孩子们的随手涂鸦，活泼、随兴且满满童趣，却又彼此巧妙呼应，一个符号便是一个故事，又或一首歌，又似闪烁着的一颗颗七彩炫丽的小灯泡，在阿特拉斯群山环绕下，谱成千变万化的世界，一个由柏柏尔符号吟唱着的大千世界。

特别让我着迷不已的是上头的柏柏尔符号，古朴原初，太过几何，让我几乎相信这不过是孩童的随手涂鸦而非承载信息的古老书写系统。钻研许久，我只认得出上头的邪恶之眼、狮脚掌与田园。

踩在这么美的长毛地毯上，总让我有亵渎艺术的罪恶感，只觉自己会遭天谴！

柏柏尔老太太希望我们帮忙以更好的价格卖给适合的买家，换取一家温饱。明知大件厚重地毯流通不易，可我实在无法抗拒这张地毯的魅力以及老太太的恳求，便带回民宿，待售。

好长一段时间，白地毯虽惊艳众人，种种现实因素就是没人能将它带走，太重、太大件、家里太小、台湾太潮湿不适合长毛地毯、白色容易脏等。每个赞叹它美丽的人，从来只是仅有一面之缘的过客，我不急，陪它静静等待最爱它的人。撒哈拉不时刮起的沙尘暴让洁白毯面逐渐积了些鹅黄粉尘，仿佛它允许时间将自己的美丽遮起来。

总有人说它美，考虑购买，想看个仔细，我很有诚意地录像、传给对方，终究无疾而终。

二〇二二年斋戒月某日，我摊开地毯，忽地认出左上边角的阿特拉斯群山下有个十字形符号，我将柏柏尔传统项链坠饰“布各德特”(boghdad)放在旁边——两者皆为“南十字星”在柏柏尔文化脉络底下的演绎。

瞧，在一条柏柏尔地毯里，阿特拉斯群山缭绕，南十字星在天边闪耀，无论高耸群山象征对原乡的依恋、不可跨越的障碍抑或遥远未知的丰富与神秘，爱与希望的星光就是在天边闪烁着，指引灵魂前进。多美！

我拍了张照片，上传脸书。

几个小时后，一位陌生女子经由脸书联系我，问，白地毯卖出去了吗？她本来要睡了，看到照片，一场惊艳！赶忙敲我，生怕被买走。

我说她连地毯全貌都没能见着，怎知自己想要。

她说："我很喜欢白色地毯，虽然照片是一小角，一眼就觉得喜欢。"

在她要求下，我传了地毯全貌的照片与影片，她非常确定就是要。然而，这条纯羊毛手工织成的白地毯重达四公斤，国际包裹所费不赀且有遗失风险，一时之间，她拿不定主意。

我没多想，当她是"很喜欢但是带不走"的众多仰慕者之一。

两天后，她跟我说她就是要定了，愿意承担所有风险。我多少被她感动，知道她真心爱极了这张毯，是那个"对的人"。她甚至在尚未看到地毯全貌之前就已经爱上了。

听她一说，才知原来她即将步入结婚殿堂，这条白地毯将用来布置她与夫婿的新家。啊，在古老时代，精致繁复的大件柏柏尔地毯常是祝贺新人的结婚贺礼之一，这巧合多么美丽！

积了撒哈拉鹅黄粉尘的白色羊毛毯让我脑中忽地闪过一个画面，便也让手中唯一的爱情鸟石膏雕塑往她的方向飞去。

她很开心地请我解读地毯上的符号。白地毯有好些古朴原初的符号，我还真没见过，只认得出邪恶之眼，其余不是很有把握，可一个声音说着："这地毯绝对藏有要给她的信息，快去找！"我赶忙起身，将整张地毯打开，铺在地上，找了好一会儿，嘿，终于找到了！在地毯右上角阿特拉斯群山下，鹧鸪的眼睛闪烁着，恰是一对呢！

在柏柏尔符号里，鹧鸪的眼睛象征美丽、敏捷与灵巧。

不一会儿，又认出上头的柏柏尔传统胸针。

就这么着，由阿特拉斯山柏柏尔妇女亲手织成的洁白地毯，被我带到撒哈拉，积了些鹅黄粉尘，终将飞向岛屿，成为一位女子的新婚贺礼，伴她与爱侣走入人生新阶段，还有了自己的名字——女子将地毯取名为"纯真"。

我想，这肯定是北非传统艺术形式对婚礼的美丽祝福。

商品也可以饱含文化与爱

多年钻研与用心感受后，我终于能够辨认出地毯上一个又一个符号。

这些年在沙漠，面对与家族之间的种种冲突、婚姻挑战与客源不足的窘境，我持续进行着自己真心热爱的文化探索。我没有很强，只是要求自己必须清楚手中流动的产品本质是什么，大到撒哈拉深度导览，小到一条手织地毯，都一样。

偶尔有人把我当摩洛哥代购，举凡塔吉锅、香料、鞋子、皮制品、陶器与茶壶，都想找我“下单”，我总不假辞色地回：“那些东西网购就行，不需要劳动到我。能让我愿意出动自己来协助流通的，当中必定有我认同的价值。”

好比花草茶，一株植物能在沙漠生长，多么不容易！花草茶不只是撒哈拉的赠礼，也是游牧民族传统茶文化，驼峰脂肪熬制的骆驼油膏则是中药里的“骆驼脂”，具祛风活血、消肿解毒的功效，两者都是游牧民族善用资源在艰困的撒哈拉存活的智慧。

这世界不差我一个商人，单纯的商品流动也无法吸引我，我总想做些不一样且能创造属于我个人独特价值的事情。虽然从未正式成立以“公平贸易”或“社会企业”为号召的公司，却可以让每一条从我手中流通出去的地毯都饱含文化与爱的故事，并让资源流向当地女性工艺创作者与保存者。

我试着让自己成为管道，让北非大地的精致美好流向我的故乡，也让故乡的资源与感动流入我脚下这块大地，成就一篇美丽特殊的人间故事。无论导览、书写或手工艺品流通，莫不是相同初衷：分享这块土地让我感受到的喜悦与丰盛，即使这礼物偶尔戴着黑色面具。

虽然不擅经商，但为沙漠人创造些许工作机会，与故乡人分享撒哈拉的美与丰沛能量，甚至让商品交易同时成为一场文化交流与分享，向来是我心中大愿，谨愿初衷依旧，事遂人愿。

柏柏尔女孩的小铺子矗立在
布满碎石的旷野中

女孩做的布娃娃与布骆驼，以及迷你帐篷内部

沙漠深处满布坚硬石砾的荒野不见人迹，唯见碎石小径随着山势蜿蜒起伏，远处是摩洛哥与阿尔及利亚的边界

↑↑一碟橄榄油、一片自烤面包、一杯甜茶，就是游牧人家的一餐
↑奈丝玛做的布骆驼、布鳄鱼与塔吉锅造型器皿

沙漠野地里的奇石，状似乌龟，并非化石，而是风化自然生成的

开采出来的海洋古生物化石经过切割与打磨，
可做成小盘、项链、洗手台、装饰品或桌面等

↑三叶虫化石

←三叶虫化石的复眼清晰可见

阿特拉斯山脉连绵起伏，水流经山谷，滋养河岸的
棕榈树、橄榄树及树下农田

荒废古堡里的妇女将自然生态、生活场景与对生命的
美好祈愿化作几何符号，收藏在手织地毯中

长毛白地毯全貌。最上方第一排大三角形图案象征阿特拉斯山脉，左上角山脉下为南十字星符号，右上角山脉下藏着一对鹧鸪的眼睛符号，毯面上还有柏柏尔胸针等多种符号

多种柏柏尔符号密集点缀蓝绿色地毯，上有南十字星
与典型柏柏尔配色(红绿黄黑白蓝)的八角星等

手织地毯上的柏柏尔符号各有意蕴，呈现传统文化的丰富与女性编织工艺的巧妙细致

隐去文化意蕴，单纯作为观光纪念品贩卖的
柏柏尔地毯，常见于摩洛哥古城旧市集

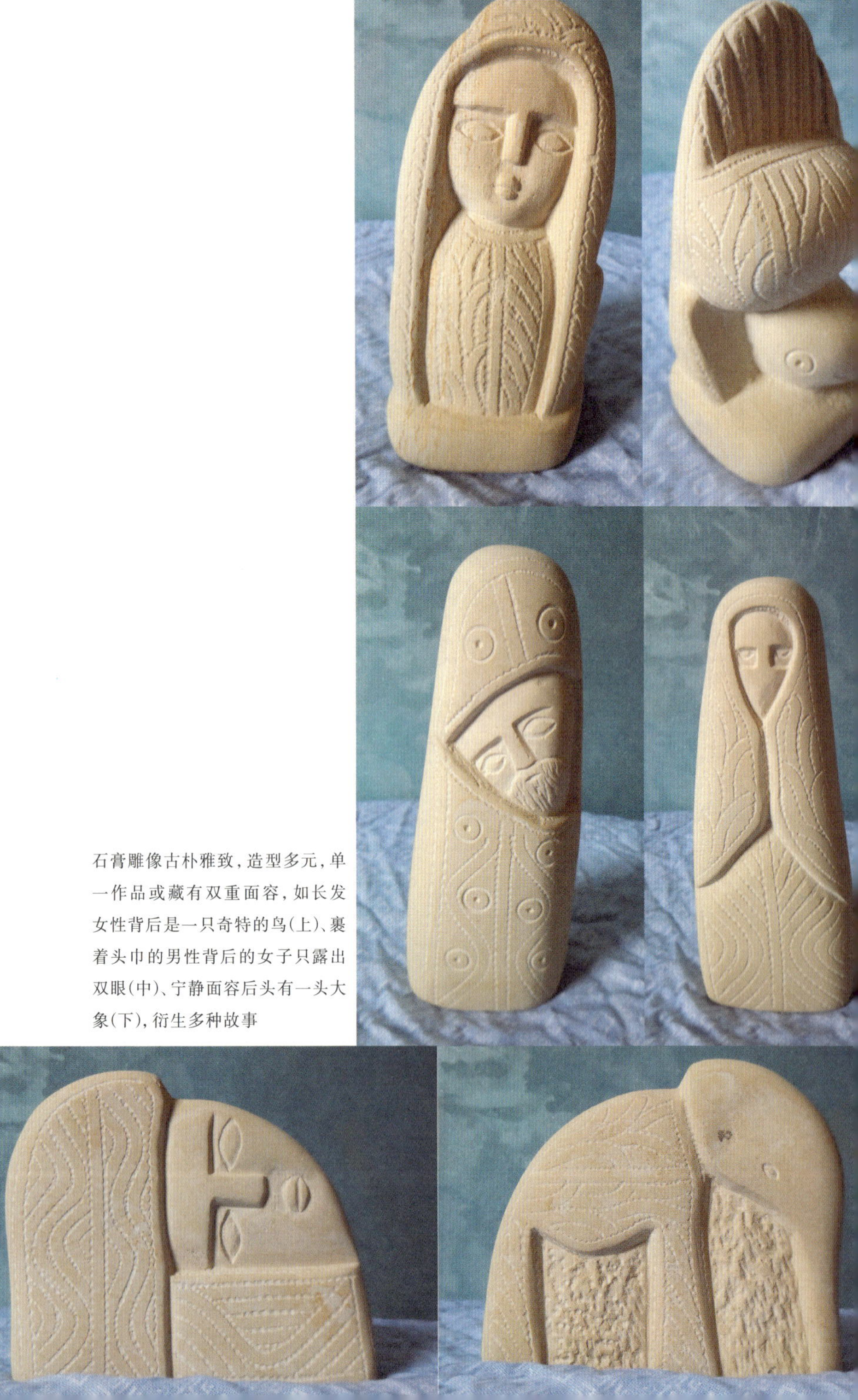

石膏雕像古朴雅致，造型多元，单一作品或藏有双重面容，如长发女性背后是一只奇特的鸟(上)、裹着头巾的男性背后的女子只露出双眼(中)、宁静面容后头有一头大象(下)，衍生多种故事

淡金黄色的喀门索菲

及时雨：P国际旅行社

二〇一五年年底我刚回沙漠不久，台湾的P国际旅行社S领队主动约我与贝桑见面，商谈合作的可能。

那时提供摩洛哥行程的台湾旅行社不算多，S领队说撒哈拉虽列为必访景点之一，却只是带客人上沙丘骑骆驼看日出或日落，过个夜，隔天一早就前往下一站，在沙漠待不到二十四个小时。

我眉头一皱，冷冷地说："撒哈拉这么大，可以看的东西那么多，匆匆来去，根本不算来过。"

待S领队回台湾与公司讨论后，来年便开启了"天堂岛屿"和P国际旅行社的合作，让我与贝桑的导览工作正式进入新阶段，也让刚踏进观光业的我拥有在实战经验里学习的机会与较为丰沛的资源。那时也是我和贝桑家族的蜜月期，双方正从陌生慢慢走向熟悉，家族对我相对宽容，愿意协助。

我们将独家导览调整成适合旅行团操作的形式。民宿成为

P旅行团在沙漠的第一站，大伙儿先在沙龙喝茶，听我介绍“天堂岛屿”整体计划，为隔日导览暖身，初期甚至在民宿用餐。到了重头戏的隔天，则以吉普车带团深入沙漠，进行一整天的撒哈拉深度导览，并以傍晚骑骆驼到沙丘上看夕阳画下句点。

晚餐里的心意

与“P”合作初期，客人在沙漠的第一餐便在“天堂岛屿”民宿。我们会请人打扫民宿、像款待远道而来的朋友般认真又专注地用心准备晚餐，餐后则打鼓娱宾，提供水烟，让客人度过热闹愉快的撒哈拉之夜。

带着“风土餐桌”的概念，我们力图给予最贴近在地美味的餐饮，最常见的是摩洛哥塔吉。我们舍弃现代快锅与瓦斯炉，回归传统，以陶锅炭火慢慢烹煮，让香料、蔬菜与肉带着独特炭烤香并完美融于一锅。

一听说我们接了台湾旅行团，贝桑家族自动前来协助，烤肉的烤肉，煮塔吉的煮塔吉，烹调传统古斯米则交给贝桑的姐姐和嫂嫂们。待客人离去，众人再一起收拾碗盘、打扫卫生，林林总总阵仗惊人，“服务人员”和客人一样多。

有一回，P全团素食，我们特地前往里萨尼市集购买陈年椰枣，请贝妈亲制祖传椰枣酱搭配面包和煎饼，让她老人家足足忙了一整天，清晨四点就开始用炭火柴烧缓慢熬煮，工法细腻反复，极为仰赖经验与火候，这才把陈年椰枣熬煮成一罐滋味地道甜美的椰枣酱。

客人对餐点往往赞誉有加，直说是在摩洛哥最美味的一餐！还说大饭店的料理毫无特色，每一家味道都大同小异，我们提供的则是细腻用心的传统家常料理，充满人的温度。贝桑亲手做的炭火陶锅牛肉塔吉味道非常好，被客人用面包抹得连酱汁都不剩，古斯米也很合口味。

有一回，贝桑姐姐进城办事，特地赶回来煮古斯米。待客人离去，我告诉她客人说她煮的古斯米比他们在非斯吃的更好吃，更符合台湾口味。她听了好开心！指指胸口，说自己细细地放入了很多爱。

餐后则是帐篷前的音乐营火晚会。

在偏远蛮荒的沙漠地带，音乐共享深入日常生活，男孩与男人们不时聚在一块儿演奏乐器、唱歌、跳舞，所有人皆能玩上一点音乐，天生自然的音感与歌喉，自幼在兄长带领下，萌芽茁壮。音乐与舞蹈全然涌现自真实生活感受，或随着打在鼓面上的手指跃动，或引吭高歌，让早在心底吟唱的乐音流泻而出，于家的氛围里酝酿与分享、教导与传承。就连不足三岁的小男孩一看到鼓都不自觉靠近，用一双小手敲打着鼓，唱起歌来。

我们让贝桑年幼的侄子们穿上传统长袍、包上头巾，打扮得帅帅气气地为客人打鼓，客人的热情掌声给了孩子们极大的肯定与鼓励，有时客人甚至下场和孩子们一起玩音乐。沙漠与岛屿间的音乐分享及交流，自然而然地在温暖柔亮的营火旁发生。

有一回，不时来民宿打工的贝桑表哥突然想为客人吟唱贝都因传统歌谣。游牧民族虽然活在音乐律动中，但不太有“表演”的概念，当晚气氛极佳，于是有了吟唱的渴望时，便也随兴地开口成歌。

另一方面，这也是把改变带入家族的尝试。我们特地为孩子们添购新衣与头巾，一来鼓励他们，二来更希望孩子们能以自身传统文化为荣，即便将来他们进城后可能因为是“贫穷乡下来的”而被城里人欺负、瞧不起，也能有足够的内在力量，不因他人的无知愚蠢而否定自己的出身。

还记得那时由于民宿团队未臻成熟，我希望聘请专人协助，偏偏贝桑非得把家族拉进来帮忙不可，我虽极力解释相关服务流程与细节，一再叮咛，他们点头如捣蒜，客人一来他们却依然照自己的方式操作。

于是，用餐时因无人发号施令，上菜略显紊乱。我指挥不动他们，数度提醒贝桑他现在的身份是领导者，他点点头，依然埋头当服务生。幸好客人自动自发，补足我们不够周到之处，用餐氛围愉悦。

我为了晚餐的乱无章法向领队道歉，他笑着说：“没有谁一开始就很厉害，全是磨出来的。”

几次下来，眼见几个大男人在平时宁静的民宿忙碌，我深感“工作”的意义不仅是谋生，更是在过程当中感受自身价值，温润并稳固既定人际关系。前来工作的伙伴皆是平时熟悉的亲族，有着一定的信任基础，工作与服务旅客的过程，更是亲族情感再凝聚、强化家族原有关系网络的过程。

迈入二〇一七年，沙漠旅游越发兴盛，贝桑亲族全在观光业里打滚，一到旺季个个忙着挣钱，前来协助P旅行团时工作态度愈加散漫，甚至趁火打劫。

一回，我采买了整个冰箱的食材，说好来帮忙煮塔吉的贝桑侄子不仅严重迟到，食材也只用了三分之一，害客人根本吃不饱不说，待客人离去，他大摇大摆将冰箱里没用完的食材全部带回家族老宅，众人瓜分。

我瞠目结舌地看着这幕荒谬在眼前上演，从此以后，P旅行团晚餐改由我亲自烹调。P旅行团抵达前一天我和贝桑便进城到市集采买最新鲜的食材，晚上我就开始洗菜、切菜、腌肉。

P旅行团抵达当天，贝桑表哥打扫民宿里里外外，我则在厨房忙着煮台式晚餐，西红柿炒蛋、牛肉炖萝卜与马铃薯、牛肉炒青椒与卤全鸡等，搭配白米饭，不管怎样都要把客人喂饱。

亲自下厨其实是我的一大突破。之前我不敢煮给客人吃，毕竟P旅行团一路吃住五星级饭店，我哪敢自曝其短。尔后接了几回中国自由行散客，由于他们普遍吃不惯塔吉，我只好自己下厨，看到客人把菜吃光光，这才慢慢有了自信，也才理解旅客在沙漠里吃到熟悉口味的感动与开心。

虽然亲自下厨大大增加了工作量，但心理压力反而小了，因为我可以确认客人会吃到什么，即便不是大餐，但口味比较吃得惯，也比较容易控制分量，绝对不会让客人饿肚子。

拼凑而成的团队

与P国际旅行社的合作可说加速了梦想的实现，让我不再孤军奋战，感受到团队合作的愉悦与力量，也打破了我对“旅行社”的既定印象。

较具规模的旅行社若带团来沙漠，总将食宿与骑骆驼等服务交给饭店一并处理。饭店客源稳定，多半有自己的骆驼群，也有合作的车行。游牧民族由于欠缺资本与专业能力，往往沦为打工仔，或说“独立工作者”，顶多就养几头骆驼，或者有吉普车可以载客，运气好时接接自由行散客，旺季则偶尔帮忙消化大饭店或车行的订单，捡捡观光业大饼掉下来的碎屑。

开始和P合作后，我们便和同样是独立工作者的朋友分享难得的工作机会。

“天堂岛屿”的撒哈拉深度导览以吉普车代步，所需车辆依照团员人数而定，我们邀请认识的司机加入团队，因全是贝桑的朋友，不仅工作气氛和乐，也更有默契，较无商业气息。

沙漠里，只见大型旅行社出动的吉普车外观全一个样，同车款，同颜色，漆上车行或旅行社名称，整齐划一。我与贝桑带的P旅行团呢，一个司机一款车，就和撒哈拉生态一样多元丰富。

骑骆驼亦然。

有一回，P旅行团将骑骆驼行程改为清晨看日出，到了预定地，我诧异地发现骆驼夫竟然多达五位！原来贝桑知道我想让大家都有一口饭吃，不嫌麻烦地分别和五个很穷的骆驼夫订了骆驼，不像客源丰富稳定的大饭店有能耐豢养数十头骆驼，他们每个人拥有的骆驼都是个位数，由于P旅行团所需骆驼数量较多，大伙儿便你出两头、我出三头、他出五头地凑足数量，一起来工作！

冲击沙漠性别传统

若干紧扣当地庶民生活的人文活动，由于需与传统对话，将他人拉进工作团队，执行难度反而较高，因牵涉当地人的“能力”与“意愿”。

二〇一六年七月，P旅行团选择在艳阳高照的夏季走访沙漠，白昼户外高温可达四十五摄氏度，考虑到气候与人数众多等因素，我们势必得调整行程，将部分行程带入室内且同样能够呈现沙漠文化特色，例如传统游牧妇女编织、塔吉料理教学，甚至是“黑那”（henna）指甲花彩绘。

没想随即遇上了困难。当地人极少受过正规教育，无法理解何谓“教学”或“工作坊”，尤其传统女性不见外人，要她们面对一群外来旅客示范编织，根本跨不过心理障碍，也冲击了性别传统。

领队希望能让客人体验黑那，我便想请三嫂帮忙。然而在游牧传统里，贝都因女人不仅极少单独出门，更不外出工作挣钱，姐姐和嫂嫂烹调古斯米并赚点工作费，已经堪称前所未有的一大创举！相较于在厨房料理食物无须走出家族屋舍，帮客人画黑那却必须出来面对“陌生客／外人／异族”，更不用说让她们避之唯恐不及的相机。

我对三嫂保证客人不会朝她乱拍照，她甚至可以把脸遮起来，三嫂依然不放心。委婉和她谈了一个礼拜，她总不置可否，虽然知道我们给的工作费向来丰厚，依然推说有小孩要顾、怕被照相，迟迟未点头。

对我来说，这简直不可思议。毕竟那时三哥手头拮据，孩子又小，多个挣钱机会有何不可？但她们真的不是这样想的。贝都因女人的幸福与存在价值不建立在工作、金钱或事业上，而是婚姻与家庭，钱的确没人会嫌少，但该赚钱养家的是男人而非女人，遵循传统而不逾矩对三嫂来说，更重要。

正当我几乎放弃时，三嫂主动询问客人何时来，需不需要她帮客人画黑那，我喜出望外，连忙点头。她马上说：“不可以拍照！更不可以拍脸！”我再三保证客人一定会尊重当地传统，请她不用担心。

看着三嫂笑眯眯的神情，我知道她不是为了工作费来帮忙，而是家族式的义气相挺，也因为她觉得客人都很好，让她很放心，她喜欢这样的和乐气氛，想跟我们在一起。

古老传统钳制了女性，也制约着男人。

在接连与P旅行团愉快合作的正向影响下，我身边这个贝都因家族对于“外来者”的接受度慢慢提升，姐姐和嫂嫂终于不再赶在客人抵达前仓皇躲回家族老宅，愿意留在民宿的厨房里帮忙。

隔开沙龙与厨房的那面墙有一扇大窗，平时上菜，餐点就从这扇大窗直接递给在沙龙里服务的人。

有一回，三嫂与姐姐煮完晚餐留在厨房善后，三哥站在大窗旁帮忙递茶水、送菜。当晚气氛愉悦和乐，客人对晚餐赞不绝口，想当面谢谢三嫂与姐姐的好手艺，我对三哥转达客人的邀请，三哥却带着和善的微笑婉拒了。在所有客人的“含情脉脉”下，我试着说服三哥，说三嫂和姐姐站在厨房大窗边向客人打声招呼就好，不用走进沙龙。三哥却相当坚持，不愿妻子暴露在众人的目光下，即使三嫂会遮脸，即使客人不会拍照，即使家族都在旁边、妻子在他的视线内，而且我们全部都在民宿空间里，三哥依然不愿“违背传统”。

我们的交谈与客人的期待让正在擦拭炉子的三嫂感受到了什么，转头询问三哥是不是客人觉得晚餐不好吃，听完解释，三嫂完全没有三哥的别扭，带着自信的微笑，坦然自在地说：“没问题啊，乐意之至！我不需要遮脸。”接着整理头巾，细细遮住发丝，露出姣好的脸蛋站在大窗旁，落落大方地接受客人的掌声、赞赏与感谢。

而三哥呢，恐怕是生平第一次遇到老婆这么不听话，他的男性权威无法影响老婆的意志，需要一点时间消化这场文化冲击。

传统性别限制在沙漠处处可见。

我和贝桑主打独家导览且每团亲带，贝桑却很不喜欢我“抛头露面”，违背当地风俗，说会让他没面子。村里不时有人明里暗里地嘲讽：“哇，你老婆到处趴趴走，到哪儿都看得到她，跟男人一样。”他无限委屈地说大家都笑话他，说他不像男人。

贝桑因爱而和异族走入婚姻，骨子里到底是个传统大男人，无法摆脱内建的传统家族规范，二来亲族舆论压力确实也让他难以承受，希望我乖乖待在家就好，即使到出门带导览的前一刻都不放弃地问：“你要不要待在家里？导览我来带就好。”

我看都不看他一眼，冷冷地说：“好啊，等你有办法用中文带导览的时候。”

类似争吵反复发生无数次，为了让工作顺利，生活少些波折，带导览时，我会让所有司机认为贝桑是唯一发号施令者，自己不过是个中文翻译。我也从不和司机交谈，都由贝桑传达讯息，毕竟他才是“唯一掌权的男性”。

导览景点其中一站是黑奴音乐村，由于表演的格纳瓦(Gnawa)乐师是清一色男性，不时有其他吉普车司机走动，外加男性外国观光客等，贝桑相当介意，希望我留在车上，由他独自带客人进去即可。虽觉荒谬，但我从善如流，给他的男性自尊保有最后一线生机。

带团骑骆驼上大沙丘欣赏日落时，在旁随行的我和贝桑往往以吉普车代步。有一回，一位客人想步行上沙丘，便空出了一头骆驼。最后一头恰巧是美丽的白骆驼，领队问我要不要骑，没多想的我便在骆驼夫的协助下上了骆驼，排在最后头。这时，贝桑突然发现我不知何时骑在骆驼上，飞快奔来，向骆驼夫交代了几句，骆驼夫点头，到别的队陪伴另一个骆驼夫去了。只见贝桑得意扬扬地牵起我骑的这头白骆驼，调整骆驼顺序，让白骆驼成为第一头，接着绳索一拉，牵起整个骆驼队往大沙丘走，瞬间当起了骆驼夫。

我愣住，问他为什么要接过骆驼夫的工作，他开心地说："没什么，我今天就想牵骆驼。"我再问为什么要让我这头白骆驼变成队伍中的第一头，他说不为什么，他就想这么做。好一会儿才说："我不能让我老婆的骆驼让别的男人牵，太尴尬了，违背传统，我会没面子。"

又比如，P旅行团因人数较多，需要数辆吉普车，但向来由贝桑的车打头阵，我们同车，方便工作与沟通。

有一回导览跑了将近一半，领队冉安萍问我要不要换搭另一辆车，和不同的团员认识认识，大伙儿有很多话想问我，她很久没跟我见面，也想多聊聊。

我对贝桑说了想换车，贝桑摇头，说："不行，成何体统！"还哀怨地说："我老婆搭别的男人的车，我会没面子，很尴尬。"

后来安萍亲自问贝桑可不可以让我坐在她旁边，贝桑一脸为难地问我："那你会坐后座吗？"我点点头。

接着，所有团员统统见证了贝桑依依不舍地看着我上了另一个男人的车的背影。

身为“异族”，若非长居沙漠，走入贝都因传统并在当中工作，不可能将他们的传统、衡量、价值、思维与情感看得如此清楚。我们以为在贫困边缘生活的他们一定很想赚钱，事实上，遵循伊斯兰传统、维护家族价值及家族情感，远比金钱的吸引力更大。

从身边这群贝都因女人的生命展现，我知道自己无法理解她们在家族传统中所享受的幸福，因此，若她们无法理解我的价值观、情感与理想，也实属正常。

更何况，我一个“外来异族”若真想在沙漠做事，却无法认清并接受当地事实，设法让理想在这块土地上找到立足点，甚至让计划从这块土地上长出来，进而朝我渴望的方向成长，那么我便完全不可能有作为或任何的希望。

贝桑与家族的改变

民宿经营虽是商业行为，但每一位来自台湾的旅客之于我，与其说是客户，其实更像朋友。

无论平时我与贝桑及家族间的文化冲突多么激烈，准备迎接P旅行团时，所有人都同心齐力在民宿忙着，期待、兴奋、喜悦，整体的空间能量美好而温暖。

沙漠经济与情感生活以血脉相连的家族为运转核心，绕来转去，总不脱家族血脉姻亲范围。贝桑总想把家族拉进团队，除了想把难得的赚钱机会留给家人，更因家族团队确实有其默契、效率与贴近人心的温暖。

很快地，P旅行团的到来改变了家族，初期以女人与孩子最明显。

我让家务打扫与厨艺成为值得付费的劳动，而不是女人理所当然一肩担起的劳务，只要嫂嫂或姐姐来帮忙，我一定支付丰厚的工作费，也将客人对餐点的肯定，完整如实且迅速地回馈给费心准备料理的她们，让她们越来越有自信，甚至流露某种“专业”气息，很在乎客人是否喜欢。

刚开始，她们会在傍晚时分前来民宿烹调晚餐，之后便赶在客人抵达前回到家族老屋，直到客人离去才来民宿善后，从不与客人、外人打照面。

慢慢地，她们接受了“外人就在附近”的事实，客人在沙龙用餐时，她们自在愉悦地留在厨房。不知何时，男性领队甚至可以进出厨房，女人没有尖叫离开，也没有忙着遮脸，对待P旅行团就像对待自家人般，某种特别的信任已然建立。

对孩子们来说，P旅行团的到来堪称他们撒哈拉童年的一大盛事！他们不时含情脉脉地询问P旅行团何时再来，发现我们开始打扫民宿便深情款款又不无含蓄地问：“需要我们来打鼓吗？”若摇头，他们马上露出心碎的表情，垂头丧气地离去；若说好，他们往往热情地要求来民宿练鼓，想呈现最好的一面给客人看。

客人对孩子们的表现永远捧场，掌声不断，让他们开心得不得了！有客人想给孩子们打赏，我想了想，请客人拿给我，再转交给他们的爸爸处理，这比让孩子们直接从客人手中接过金钱要来得好，毕竟我希望孩子们和音乐、和客人之间的关系永远单纯美好。

晚会结束后，孩子们跑来谢谢我们愿意让他们来玩、来打鼓，几位客人给了些奖赏，我全数交给贝桑大哥，由大哥均分给孩子们。那晚，孩子们整个胸膛挺了起来，欢喜自信！隔天还一直跑来跟我说谢谢！

最深刻长远的影响，自然发生在贝桑身上。

无论哪一团，其实每一次都是一场在沙漠的初次见面，却总是像老朋友般熟悉。温暖和善的P旅行团客人给予热情肯定，我们的导览越带越顺，让贝桑这个双鱼座老幺慢慢长出了属于自己的自信。

贝桑非常看重P旅行团，平时再怎么孩子气、闹情绪，一旦进入工作状态，认真卖力，不放过每个细节，只想把工作做到最好，只希望客人个个欢喜满意，带着美好的撒哈拉经验与回忆离去。

工作中，贝桑学习独当一面地成为领导者，学着同时处理许多事，暂时忘却家族烦忧与争吵，欢乐认真地投入工作，有了积极正向的能量往前走。

重辈分、重排行的贝都因传统让身为老幺的贝桑从小在最无资源且毫无决定权及话语权的氛围里长大，凡事服从兄长，不知家族传统以外的价值，以至于当我数度与家族争吵，对他冲击尤大，让他左右为难。

能力最强且最有野心的四哥与我的关系紧张，有时四哥当众骂贝桑无能，讥笑他不像个男人，跟在老婆屁股后面跑，忙上忙下，依旧两袖清风。但借由与P旅行团一次又一次的合作，贝桑终于有了学习当家作主的机会，并从中成长、建立自信与自我价值，在这保守、僵化且相当重辈分的沙漠地带，已可说是打破传统的奇迹。

贝桑非常享受甚至渴望来自客人的肯定与称赞，只要感受到一点点来自客人的欣赏与爱，随即便“人来疯”。

有次导览来到“大湖”，贝桑像个想自我表现的小孩，酷酷地对我说：“我要为客人介绍沙漠药用植物！”接着便使出浑身解数，一一指着各种湖畔植物，活灵活现地解释游牧民族如何将野生植物运用到物资不丰的沙漠生活里，听得众人啧啧称奇，鼓掌叫好。

贝桑乐极了，双鱼座的粉红少女心不断冒泡泡，喜滋滋地叨絮那座山叫什么名字以及山名的由来、自己是在沙漠哪个角落的哪棵树下出生的云云。听得我心想，再这样下去，他可能会开始对客人诉说他的一生了。

午餐休息时，带着孩子气的骄傲，贝桑喜滋滋地说：“客人说昨天的晚餐很好吃，每一道都很好吃，还说我做的牛肉塔吉比姐姐的古斯米好吃。因为我不仅厨艺好，而且我煮塔吉的时候，是带着很多很多的爱来煮的。”

那一整天的导览里，贝桑不停在我耳边反复问：客人们开心吗？他们觉得沙漠美吗？我们这样的行程安排可以吗？他们需要什么吗？有想再看什么吗？他们觉得我们有哪里需要改进的吗？

有一回，P旅行团即将抵达，贝桑侄子在厨房里煮茶，我一走进沙龙，看到贝桑对着一瓶矿泉水诵念《古兰经》，接着喝了几口，再将水洒在民宿内，净化空间，祈求工作平安顺利。

嚯，无论已经和P国际旅行社合作了多少次，贝桑永远这么慎重、这么紧张！工作尤其卖力，在厨房里指挥上菜，与司机聊天，大家在营火旁玩音乐时自己也下去打鼓，越来越像个领导者且乐在其中，每一次都铆足了劲儿，想将服务做到最好，想给出最好的自己。

林总监时常鼓励贝桑。有次她邀请我们到饭店共进晚餐，亲口对贝桑说，她和客人都知道贝桑非常认真地挖出了一个个私密景点，认真规划路线，让P旅行团在撒哈拉走访的，全是访客很少、非观光化且藏着游牧民族故事的地方，这样的行程一点都不商业，而是带着爱、用心在做的。还称赞贝桑非常细心，默默关注、满足每个客人的需求，尽量给出最好的。

贝桑一听，喜上眉梢！他的个性非常适合带这种有感情的深度导览，让客人享受一场与众不同的撒哈拉之旅，因为他真的是带着真心与感情在付出，当这份用心被看见，必然欢喜。后来巧遇贝桑堂哥，贝桑更得意地说“林总监请我们用餐，称赞我把导览带得很好”，骄傲开心得跟什么一样！

我想起有一回，贝桑含情脉脉望着正带客人攻顶大沙丘的领队的背影，以非常在乎却又装作不在意的口吻说："今天客人对撒哈拉行程满意吗？"

我边回答"赞！大家都说赞！"边心想，这是你今天第一千零一次问这个问题。

贝桑："真的吗？"

我："那当然！整座撒哈拉就你最强！"

贝桑："领队对我今天的表现满意吗？"

我："他爱你！他是真的爱你！他说只要一到沙漠，就只能靠你了！"

贝桑娇羞地转头，笑了，望着远在沙丘上的领队的背影，含情脉脉，不语。

善良又慷慨的P旅行团

由于沙漠经济极度仰赖观光，有时观光客的小钱，就能让沙漠贫困家庭换得一日温饱，"让游客的到来成为回馈当地弱势的资源"更是我规划撒哈拉导览的不变初衷，因此即使是一路吃住五星级的旅行团，我们都会带他们走访沙漠里的弱势族群。

然而，虽然我心里多少希望P旅行团的到来能够造福更多仰赖观光客维生的贫困者，却不知该怎么说才能让客人毫无压力地以购物"回馈"当地弱势。

幸好，客人善良又慷慨。导览其中一站位于山岩顶端，从高处瞭望撒哈拉多元地貌，聆听地方史。通往制高点的小径旁，是一个又一个游牧民族摆起的摊子，四四方方的铁盒里摆着撒哈拉化石、钥匙圈与沙漠玫瑰等。

稍加解释“小贩们”为何在前不着村、后不着店的旷野摆摊——全因生活困顿、全家住在寸草不生的荒漠里后，客人往往热心买些纪念品，甚至自动分配，这个人向这摊买，那个人在那摊买，好让每摊都有一点收入。

导览当天的午餐，我们安排在沙漠深处一棵高大的百年老树下进行，让客人既可以休息、用餐，还能感受老树在沙漠的魅力，我也有较多余裕与大家交流，解释沙漠种种。

想在荒野中变出一餐，绝对需要熟悉当地，知道哪儿适合团体休息、用餐，并拥有一定人脉，请得到专人烹调。

少说十五年前，贝桑的朋友在沙丘后方一棵老树旁搭建了一间小土屋与几座黑帐篷，专门接待背包客，但因地处偏远且设备简陋，客源稀少，他干脆将帐篷收了起来，却又想留在这么美的风景里，便改成午餐服务，在树下现烤柏柏尔比萨，让观光客既能在荒野里填饱肚子，也能目睹柏柏尔比萨的制作过程。

我们和他预约比萨、水果与沙拉，他现场烘烤并煮茶，简单的一餐里，满满的用心。一路吃惯摩洛哥大餐的客人理解沙漠的状况，不曾责怪柏柏尔比萨不如饭店餐点豪华，相当享受大树下的阴凉。由于食物相当充足，客人常常吃不完，我便提议将比萨带去给即将拜访的游牧人家，大家往往欣然同意，甚至细心保留完整的比萨。

带客人走访一户最穷困的柏柏尔人家时，我往往一开口眼泪就快掉下来。

该户人家的男主人H先生父母双亡，家境贫困却娶了三个老婆，几乎每年有新生儿诞生，小孩少说十来个，个个灰头土脸，衣衫褴褛，天真可爱地在一望无际的荒野玩成一块儿，让人既无奈又心疼。

眼见他们的屋舍活似资源回收场，孩子又多，客人急忙要太太们不用浪费茶、糖和瓦斯，还把自己包包里的糖果饼干都掏出来给孩子。好几个人都说如果事先知道游牧民族的生活如此困窘，可以多带些物资来帮忙。

虽说P旅行团毕竟是旅行团，不是慈善救济团，也不是每个人都愿意付费旅游还得帮助弱势，但许多客人回台湾后往往挂心着曾经造访的游牧人家，甚至会寄物资到P国际旅行社办公室，委托下一团领队带来沙漠。

慢慢地，客人离去后，我和贝桑便开始执行重要任务：整理物资，一一分送给需要的人。偶尔有人留下赞助款项，我们通常会购买茶、糖、油与一些民生用品，分装后再送给一户户贫困人家。

能力虽有限，我们仍然想尽力做些事，因为这同样是我能继续在沙漠坚持下去的主要动力。

沙漠夏季极度酷热，我总选在夏天回台湾探亲、避暑，P国际旅行社也会特地为我安排撒哈拉讲座，与更多有意前来摩洛哥旅游的人分享撒哈拉的真实状况，介绍“天堂岛屿”独一无二的深度导览。

二〇一九年初夏某场讲座后，一位年初曾经造访撒哈拉的客人特地前来，拿了一笔善款请我转交给极为贫穷的H家族。沙漠整体极为艰困的生存条件让他相当难过，见着H太太大腹便便，即将临盆，想给即将出生的孩子一点祝福。

六月，回到梅如卡，我赶紧要贝桑带我深入沙漠，将善款交到H太太手里。那时孩子已经出生，H太太问贝桑有没有治眼睛的药，这不到两个月大的婴儿眼睛有些状况。

H太太邀我们进屋看孩子，我走进小土屋一看，夏季高温酷热，瘦弱的小婴儿身上仅裹着薄布，躺在薄垫上，垫子底下即坚硬的泥土地。见孩子双眼浮肿，我直觉不妙，拍了照，借由脸书请在台湾的医生朋友“隔空看诊”。

很快地，一位眼科医生迅速回复，最常见的新生儿眼炎就是沙眼、淋菌性眼炎或结膜炎，常经由产道传染，沙漠卫生条件不佳，妈妈的妇科或许也有些状况。她帮孩子开了些抗生素和类固醇复方，提醒这药不能长期使用，将来可能青光眼，同时要注意其他孩子的清洁，避免感染。

我一听只觉事态严重，小婴儿若得不到适恰医疗，恐有失明危险，绝对不能坐视不管。

在台湾随手可得的医疗物品，到了沙漠就成了遥不可及的珍稀资源。那时梅如卡连一家药店都没有，我借口气喘，要贝桑载我到小城里萨尼买扩张剂，趁机购买治疗眼睛的药物，并在药剂师的建议下买了生理盐水、医用脱脂棉和眼药水。

好不容易进城买好了药，还得搭吉普车穿越沙漠，才能把药送进地处偏远的帐篷内。

游牧民族对医疗保健的概念相当模糊，贝桑很难想象事情的严重性，对他来说只是小孩眼睛不舒服，过几天就会好，更何况还是远在天边的别人家的小孩，无须操心。贝桑虽然心地善良，但“顺水推舟”可以，不太可能“专程特地”做什么，除非对方是家族或亲族且有其急迫性。游牧民族相对“随顺”，以相对轻盈的态度看待生老病死。

我思前想后，想着以贝桑的性格和当地传统，如何才能成功说动他带我去送药。

隔天早上，待贝桑起床，我带着笑容说：“哎，我刚刚帮你找到一份工作，不太累，很有意义，而且工资很不错哦！”贝桑好奇询问，我说我把新生儿照片给台湾眼科医生朋友看了，她说这病很常见，但一定要治疗，否则会越来越严重，还会传染给其他小孩。“昨天我已经在药房顺道买了眼药，但是没办法送过去，你又忙着工作、养家，我找不到人载我去。眼科医生朋友便说，看你一天工资多少，她愿意支付，请你载我去送药。”

说完，我秀出脸书里某位任职于大医院的女医师脸友身穿白袍的照片，以及她抱着新生儿的全家福，说：“就是她啦！她自己刚有小孩，不忍心看到幼儿生病却没有药物可医，她说她可以理解妈妈焦急的心情，想帮忙。”

见贝桑没回话，我说：“那小孩真的太小了，不足两个月，现在医还来得及，再拖下去肯定影响视力，你总不希望他以后什么都看不到吧？我们就当做一件善事吧。”贝桑这才点头。

我准备了十二瓶大罐牛奶、一整盒三十颗鸡蛋、七大瓶冰凉干净的自来水，顺道将客人带来的婴儿衣物、全新毛巾与两双女鞋也送去。鸡蛋和牛奶是特地买给妈妈的，她吃饱了，才有丰沛营养的母乳喂养婴儿，婴儿吃饱喝足了，眼疾就好得快。由于游牧民族只有井水可用，我想多带几瓶干净冰凉的自来水，让婴儿可以饮用、擦澡。

高温逼近四十五摄氏度的烈日下，我们开着吉普车穿越沙漠旷野。我拿出药物教妈妈怎么用，又拿出崭新毛巾围在新生儿胸口，示范如何使用生理盐水与眼药水，一再提醒，棉花擦拭完眼睛一定要丢掉，千万不能重复使用。

我还告诉她，小婴儿用的布料衣物不能和其他小孩的混用，否则眼疾容易传染。说完，低头一看，发现婴儿身上只用薄布包裹，不确定是因为天气太热，还是穷到没衣服可以给孩子穿。

当妈妈知道鸡蛋和牛奶是特地带来给她补身体的，感动地笑了。我深知雨露均沾、见者有份是悠远的游牧传统，等我们离去，鸡蛋和牛奶就会被所有人“共享”，所以才一次带这么多，确保妈妈多少可以吃到一些。

沙漠生活处处难，光是把这么一点点药物送到孩子与母亲手里，就花了我们不少金钱、时间与心力，这世间充满苦难与无奈，很多时候，我们的确做不了什么。可一旦绝大多数人都如此想，无任何作为，这世界便更不可能有任何改变，我总相信每个人在自己的位置，以自己的能力，总可以为世界、为他人做一点点美好的什么。即使只有那么一点点，都让改变有了可能。

得了眼疾的孩子选择在一个很不容易的地方出生，但我相信，所有灵魂莫不带着祝福与爱诞生。这孩子绝对是受到祝福的，若不是那位客人交托给我一笔善款，我不会为了要亲手将善款交给他的妈妈而走进小土屋，看到躺在地上、得了眼疾的宝宝，也不会因而想方设法，尽快把药物送到妈妈手里。如此一想，那位客人给这孩子的祝福不只是善款，更是极为强大的善的意念。

及时雨，娘家

P国际旅行社是我生命中的贵人，是落在沙漠的“及时雨”，也是我在撒哈拉的“娘家”，总在我一个人撑得很辛苦的时候，翩然降临。

好比购物其实完全不在P旅行团的行程内，但他们体谅沙漠谋生不易，我又一个人在这里，想让我和家族的关系更友善紧密，便破例让三哥来卖头巾。

平时三哥想成功卖出一条头巾往往得和客人缠斗许久，观光客总要求试戴，试了又未必买，三哥却得去取货、服务顾客，之后还要整理，就为了赚一条头巾的微薄利润。

我曾目睹一个参加拉力赛的法国年轻人无意间走入三哥

的店铺，看什么都不满意，稍微看得上眼的就开始杀价，杀到见骨！最后想买一条最便宜的头巾，已杀到成本价，仍不断挑剔东西有多糟。那时是观光淡季，三哥认为以成本价售出都没关系，好歹换个现金，勉为其难接受了，法国年轻人竟然掏出一瓶可乐，说："我买这瓶可乐花了五块钱，这瓶给你，头巾再扣五块钱。"

我简直不敢相信自己的眼睛。这个法国年轻人在自己国家会这样逼迫店家吗？如果不会，为什么千里迢迢来到他人故乡，净做些不会在自己国家做的事？就因为这里是靠观光客吃饭的"穷乡僻壤"吗？

三哥面有难色地垂下眼睛，说他不需要喝可乐，但是家里需要钱买面包，更何况以这售价，真的是一点赚头都没有。法国年轻人戏谑地大笑，潇洒转身，两手空空离去。三哥没说话，默默把法国年轻人试了一条又一条的头巾收拾妥当，在门口坐下，继续静静等待不知何时才会上门的下一位顾客。

为了不显得太商业，P旅行团抵达前，三哥事先就把头巾和传统长袍放在沙龙的长椅上，好让客人自由挑选。而一听是贝桑的亲哥哥，客人二话不说纷纷试起头巾，快乐地掏出钱包，说要以最实际的行动支持在沙漠奋斗的同乡。"我们跟三哥买，家族就会开心，就会对你比较客气。我们很心疼你一个人在这么辛苦的地方奋斗，能为你做的只有这样了。"

倒是贝爸看着客人在沙龙欢乐地挑货，像个失望的孩子不无委屈地问我，为什么只让三哥卖头巾，却没有推销他的撒哈拉原生植物花草茶。

我开玩笑地说："哎，如果让你来我们民宿做生意，那我可以抽几成？"

他老人家一脸无法置信，哼了两声，说："啊，我遇到台湾来的'土匪'了！"随即转身离去，潇洒中不失傲娇。

一如二〇一六年夏季黄老师带团来摩洛哥，一见到我眼眶就湿了，心疼地说："怎么会有人想来这种地方定居？"客人同样无法理解我竟然一个人从台湾跑到这么远的地方，无法想象我如何在条件如此艰困的环境生活，因着一份疼惜，不时从家乡带些食物或物资来。

某年冬季，一位女客离去前，说她事前不知道我在这里这么辛苦，啥都没带，想把她多带的一件羽绒长外套和三件羊绒毛衣给我，那外套几乎全新，希望我不介意她穿过。

我有些不好意思地收下，待她离去，我手一摸，便知那是上等质料的外套，翻开牌子一看，竟然是Black & White Collection！一件少说上万块，我这辈子还真没穿过这么贵的。

家族女人见了，赞叹不已，眼里满满的羡慕，问我还有没有这样的外套可以给她们。当下，我多少受到冲击，在这么贫困的地方，即使她们从没穿过、摸过羽绒衣，都感觉得出来那是很好的东西，羡慕甚至忌妒，进而开口索讨。

那件外套穿在我身上略为宽松，又是米白色，在沙漠一下子就脏掉了，可我舍不得送人，至今好好收藏在衣橱底，打算当传家宝。

除了来自客人的馈赠，每回P旅行团都会帮我从台湾带物资，或是我的朋友会托领队带书籍与食品，或是前一团客人想送给沙漠小孩的衣物玩具，时常让领队的行李箱塞满了要带给我的东西，甚至还得额外打包装箱。

食物是最迅速直接的疗愈。随着P旅行团抵达沙漠的“家乡味”，总能将些许熟悉与温暖安置在贫瘠单调的沙漠生活里，用酱油与卤包偶尔煮上一锅卤肉卤蛋，便是好几天的食粮。一回，林婉美总监特地带了好几包金门面线来，我努力省着吃，总在工作后累到无法煮饭时，简单煮碗面线，拌点家乡来的香油、酱油和辣椒酱，便觉自己在沙漠吃的是台式大饭店。

以前梅如卡连摩洛哥常见的印度尼西亚泡面都买不到，一忙起来，根本没时间煮饭，幸好每一团P旅行团都帮我带泡面，让我在寂寥的沙漠夜晚，累极困极时，还能有一碗热腾腾的汤面。

有一年，一位马来西亚客人特地带了白咖啡给我，说是家乡特产，不知怎的，我对那香味近乎着了魔般地迷恋，很珍惜地喝着，一小包分成两三天喝，一小口一小口地啜着，生怕一不小心就欢乐地干杯了。幸好还能委托P旅行团帮忙补货。好一段时间，早上醒来，烧壶热水，泡个小半包P旅行团帮我带来的马来西亚白咖啡，霎时，浓浓甜甜的香气里，沙漠不再摩洛哥，故乡仿佛近在咫尺，却同时感受到某种说不上来的全球性流动。

刚回沙漠我便收养了一只因人类陷阱而被截肢的耳廓狐，取名为麦麦，为了让野生小狐狸拥有一个更接近原生地的生活环境，我特地请人以土砖、木条和芦苇在民宿角落搭建了一座狐窝，里头铺满沙丘上的细沙，不绑不关，让麦麦能享有一丁点儿“自由”。

无奈，当时约莫五岁的贝桑大哥幺儿阿迪不时溜进民宿拿石头砸麦麦，就当好玩的游戏，我屡劝不听，其他小孩见状，也跟着他拿石头砸麦麦，让我不堪其扰。

二〇一七年初春，阿迪七岁了，拿来砸麦麦的石头砖块越大越多，我要贝桑和大嫂谈，请她阻止儿子的不当行为，贝桑却对大哥极为敬畏，不愿为了一只狐狸打扰大嫂的清幽生活。

有天，我去喂麦麦，发现麦狐窝里躺了三十块以上的石头砖块，每一块都比拳头大，麦麦躲在墙角，无辜地看着我。当下怒火攻心的我立刻拍照存证，拿给贝桑看，严正地请他和阿迪或大嫂好好谈谈，贝桑虽然点头，但我知道，在这长兄如父的传统家族，他什么都不会说。

麦麦是我的爱，我哪可能善罢甘休。

隔天一早，我亲自去敲大嫂的门，她还在睡觉，我硬是敲门敲到让她起床。我把手机里的照片给大嫂看，请她好好管教儿子，不要再做出伤害麦麦的行为。

大嫂看似柔弱温暖，可完全不是好摆布的角色，故作无辜地说，阿迪这孩子就是调皮，讲不听，也才七岁，她说不动他，无能为力。

我按捺心中愤怒，知道家族里不会有任何一个人为我或麦麦做任何事情，因为狐狸是禽兽，我是异族，阿迪却是大哥的血脉，是家族的金孙，在这血浓于水的传统家族中，孰轻孰重，清楚分明。

我决定自己和阿迪好好谈谈。

下午，我听见民宿侧门有小孩嬉闹的声音，把门打开一看，哈，阿迪竟然刚好站在门口！我想都没想，一把把他抓进民宿，啪一声关起侧门，罔顾大嫂在门外焦急喊着。我弯下腰，抓着阿迪手臂，直直看着他的眼睛，面无表情地说："麦麦是我的狐狸，你再敢拿石头砸他，我绝对要你好看！这话，我只说一次，你可得记住了。"

阿迪也不管我说啥，放声大哭，这时大嫂拿到了钥匙，开门进来，一把将阿迪揽入怀里，阿迪委屈地哭着诬赖我打他，大嫂护子心切，怒不可遏地痛骂我，连大嫂长女都跳出来骂我这个婶婶心胸狭小，竟然为了一只禽兽和小孩子计较。

大嫂像疯婆子一样，一手紧紧抱着啜泣中的阿迪，一手朝我挥舞，要我滚出家门，滚回台湾！贝妈闻声跑来，劝我不要和阿迪计较，还说阿迪是个好小孩，是我误会了，贝桑姐姐也冲过来护着阿迪，骂我没度量，吓到他们的心肝宝贝。

我不为所动，说我没兴趣待在这种地方，我只要我的狐狸。

一旁，贝桑不发一语，完全不敢忤逆家族与他全部的至亲，更何况阿迪从小和他感情最好，个性外形最像大哥。我明快地要贝桑帮我抓麦麦，我带麦麦走人就是。

背着麦麦，我昂然走出民宿大门，望着辽阔沙漠，不知道自己这一人一狐究竟要上哪儿去，把麦麦送到野生动物收容所，还是带麦麦回台湾？

更让我挂心的是，P旅行团即将在几天后抵达沙漠，而我竟在这时被大嫂赶出家门，届时导览不就开天窗？事情会不会演变成消费纠纷还闹上台湾新闻版面？这怎么对得起给予我无比信任的P？

贝桑堂哥在村里开了一家小铺子，他是我在梅如卡第一个认识的人，也是我最信任的人，我便背着麦麦上他那儿坐坐，打算傍晚搭车前往非斯，再到拉巴特(Rabat)找我之前在人权组织的上司慕禾想办法。

贝桑堂哥微笑听我描述事发经过，语气平淡地邀我进城到他家住一宿，有事明天再说。等我们到了他家，他爸妈热情地在门口迎接，堂哥妻子还特地烹调古斯米款待我这位娇客。晚上，堂哥的儿子兴冲冲地跑去杂货铺讨来纸箱，铺上干净旧布，为麦麦布置一个临时栖身处。我感动得无法言语。

隔天，在贝桑堂哥的劝说下，我带着麦麦返回民宿。据说我不在时家族开了会，二嫂、三嫂和三哥认为大嫂不应该把我赶出去，而是该好好教育她的宝贝儿子。

那时P旅行团已经抵达摩洛哥，明知领队洪丞会看我的脸书，我依然把被大嫂赶出家门的过程写了出来，不愿隐瞒。

不一会儿，我收到洪丞讯息，就只一句："你还好吗？麦麦好吗？有什么是我们能帮得上忙的，尽管说。”

被大嫂言语羞辱时，我抬起下巴，冷冷地瞪着她。

被大嫂赶出家门时，我抬头挺胸，背起麦麦，头也不回地走出大门。

洪丞这句话却让我眼泪马上掉了下来，这份情义，我永铭内心。

约莫一个月后，在外经商的大哥突然提早返家，身体不适，吃遍小城诊所的药，怎样都治不好，我将大哥症状告知在台湾的医生友人，他们判断应有其他更严重的健康问题，建议去大医院检查。

在我坚持并实质支持下，三哥带大哥进城就医，才知他罹患急性肾衰竭，需要洗肾。家族一片愁云惨雾，但其实无法理解“肾衰竭”是什么病，以为大哥很快就会好起来。

几天后，就在P旅行团即将前来的当天下午，家族老宅突然传来女人们的尖叫与哭声，许久许久。

不一会儿，贝桑哭着冲进家门，说大哥病倒了！快死了！

我跟着贝桑走进大哥豪宅，只见大哥躺在院子里休息，身体虚弱，无法起身，大姐正拿着切了一半的洋葱，用力擦着他的肩颈背，想用土法让他舒服些，甚至将洋葱放在大哥鼻子前面，刺激他回神，无奈大哥依然瘫软在地，甚至有些意识昏迷。

所有人都慌了，围着大哥哭成一团，女人们撕心裂肺地哭喊，仿佛大哥已经往生。我叹了口气，说：“大哥需要送到医院洗肾，赶快叫救护车吧！台湾医生朋友说大哥需要换人工血管，哭号无济于事，今晚P旅行团就到了，大伙儿赶快振作起来，认真工作，好好赚钱让大哥治病。”

这番话终于让所有人从焦虑悲痛中苏醒，让“家族团队快乐工作”取代哭泣哀号，有惊无险地让行程里的每个细节不出差错地完成。

林总监知道大哥病倒后，离去前拿了笔钱要赞助大哥治病，我转交给贝妈，老人家淡淡说了句谢谢，眼眶红了。

来年春天，同样是P旅行团，整个导览行程非常顺利地走到一半，客人正吃着柏柏尔比萨，即将前往游牧人家拜访时，贝桑接到一通电话，哀伤地跟我说：“大哥走了，我要赶回去。”

我愣住，好一会儿才说：“但是我们工作还没有结束。”

贝桑焦急地非走不可，我们只好和P旅行团告假，同时委托一位长期合作的司机将后续行程如实带完。领队完全体谅这突如其来的状况，要贝桑赶快回家，我原本想留下来把工作完成，反而是P旅行团客人提醒我：“这时节，你该回去吧？放心，没事的。”

沙漠生活有着种种难处，不足为外人道，有时即使费力解释了，也难以让听者明白。

家族状况百出，我在沙漠举目无亲，时常担心自己把P交付的工作搞砸。

当意外发生，无论是我被大嫂赶出家门，背着麦麦在沙漠流浪，还是大哥突然病倒，家族乱成一团，在这样艰难的时刻，P的理解、体谅与支持，成了我的定心丸与最强大的后盾，让我可以化险为夷，安然渡过一个又一个难关。

若说大嫂之所以可以把我赶出家门，不正因为她欺负我只身在沙漠，没有“娘家”，缺乏社会性支持？

幸有P，我不孤单。

刚回沙漠头几年，我不时与保守传统的贝都因家族进入“血腥惨烈”的对峙状态，甚至毫不遮掩地写在脸书上。那时，连我自己都想：“哇，我要是P，绝对不敢和蔡适任合作，看起来都快阵亡了她！”但P对我从来只有一句：“适任我挺你！”这份真实的支持、关心与不离不弃，成为我在撒哈拉最坚强的后盾，P是带着台湾乡亲前来撒哈拉找我的“娘家”。每回P旅行团出现，都是一场“久旱逢甘霖”！

另一方面，P旅行团让我真切感受到了专业团队的力量，让我不用一个人拖着梦想与跟我不同且能力未臻成熟的一群人往我渴望的方向走。P弥补了我的能力不足之处，毫无障碍地让客人走入游牧人家的帐篷，让独立工作者都有一口饭吃，慢慢地也让我对于所谓的“商业性质”不再那样抗拒，发现借由与旅行社的合作，甚至可以让当初的梦想更容易实现，包括与弱势族群及小规模独立业者分享观光客带来的资源。

我和贝桑规划的撒哈拉行程是独家的。贝桑是撒哈拉土生土长的游牧民族，他能跑的路线绝对有外面旅行社无法企及的广度，而我能给的讲解内容也有其他导游难以取代的深度。或许别家旅行社可以从“天堂岛屿”的行程“汲取灵感”，做出看起来类似的产品，但只有我们知道那些点在哪里、是否真的深入沙漠，更何况每场讲解都是我亲自出马，行程可以抄袭，但蔡适任独一无二，无法被复制。

当然，再好的旅游规划都需要客源与市场，而我们很幸运地在一开始就遇到P国际旅行社，慧眼识英雄且大胆与我们合作，让我很快就有了绝佳舞台可以和旅客分享我所知的撒哈拉，并在一次次合作中，慢慢学习、累积经验。

老实说，我不是一个很懂观光业的人，更多时候都是借由P旅行团的运作与回馈，慢慢换位思考，去感受、去理解客人的需求与状态，再调整自己的工作与态度，提供更好的服务。

更重要的是，“天堂岛屿”走的是一条前人尚未走过的路，是前所未有的尝试，是深度旅游市场在撒哈拉的新产品。如果不是P旅行团一次次把全世界最好的客人带到我们跟前，一路相挺，不离不弃，给我们支持与肯定，“天堂岛屿”未必能够在竞争白热化的旅游市场里幸存下来。

撒哈拉的生存条件本就艰困，慈悲与残酷并置，虽然美得不容忽视，观光业却竞争激烈且体质不佳，“天堂岛屿”这个“半台湾品牌”在沙漠默默存在着，小而静好，时局再怎么动荡，群强环伺，总有足够的弹性、生命力与灵活应变能力，勇敢向前地走出一条属于自己的路。

隔开民宿沙龙与厨房的大窗

用陶锅与炭火烹调塔吉

沙丘群后方现今仍住着几户游牧人家，贫困弱势，生养众多

借由导览，我们试着让观光客的到来成为回馈当地弱势的资源，或带客人上那儿喝茶、吃比萨，聆听沙漠的真实故事，或将客人捐赠的物资送到他们手上

民宿沙龙

民宿院子与沙龙

大疫来袭

二〇二〇年初春，沙漠观光业可说达到巅峰，越野型沙滩车越来越受欢迎，投资者众，数量急剧增长，租金高且供不应求，沙漠原有的静谧在隆隆车声中碎裂，整座沙漠瞬间化作嘈杂闹市。那年，我气喘极为严重，各种过敏症状轮番发作，打开房门，才知沙滩车在民宿门口川流不息奔驰而过，扬起漫天粉尘不说，更将沙漠的干燥土壤碾压得更硬实，让植物更难生长。

令人意想不到的是，将游客瞬间赶离沙漠的，竟是一场疫情！

二〇二〇年初，刚传出疫情，摩洛哥未有警觉心，观光业者仍欢天喜地迎接游客，我则目睹他们四处搜购口罩，连沙漠小城的药店都不放过。

随着疫情在全球扩散，风向迅速变了，亚裔脸孔被贴上病毒标签，假新闻满天飞。亚裔脸孔让我成了众人眼中的“病毒权威”，就连上警察局办事，警长都把我叫到一旁，把我当专家一样地“咨询”。

人对“异己”向来不以宽容著称，COVID-19日日成为新闻头条，让众人隐藏心底许久的歧视悄然浮现，也激化了人对死亡的恐惧。借由歧视、猜忌、切割、打压、猎巫，换取一丁点儿安全感甚至是优越感，利索地将所有亚洲人都放入同个篮子，欲除之而后快。于是，亚裔脸孔迅速被污名化，毫不遮掩的歧视羞辱取代了原先的“欢迎光临”。哼，就在疫情前，亚裔脸孔代表的可都是荷包满满、出手大方的观光客呢！

三月，摩洛哥出现第一例确诊病例，政府迅速锁国，取消国内所有大型活动与运动赛事，下令封闭餐馆、咖啡厅、澡堂、剧院、电影院甚至是清真寺，就连银行、法院及公家机关都缩短办公时间，甚至全面封城，疫病的威胁这才正式浮上台面。

封城锁国后，经济活动全面戛然而止。国际观光客不来，时间流速减缓，大饭店全数歇业，尘烟漫漫，更显荒芜。一座座营业用的黑帐篷与白帐篷空无一人，仅留一两个员工看守营区，一辆辆马力与噪声十足的沙滩车停在车棚里，将寂静还给天地。

观光客没了，多数员工回家吃老本。

三哥关了店门，浪荡在外的五哥回来避难，四哥和他的雇员则依然在帐篷营区守着，毕竟那是他的事业与全部骄傲。贝桑有个侄子，堪称服务业最佳人选，一个人负责养全家将近九口人，就靠他在马拉喀什旅行社当司机的微薄工资与小费，他此时也回村子了，我无法想象他们一大家子要怎么过活。

疫情下的沙漠生活倒还宁静祥和，也不知是沙漠中人危机意识不够，又或是财力不足，既无囤货迹象，更无抢购潮。总以为危机一下子就会过去。

沙漠像是整体网络末梢，社会上的动静或影响总是来得比较慢，政策上的协助或补助也难流过来。

曾有一说，沙漠温度高，地广人稀，疫情较不容易蔓延。

事实上，沙漠暗藏着不同的危机。

信息与教育质量不佳，居民医疗与防疫知识不足，医疗资源极度匮乏，沙漠中人的呼吸系统多半不好，烟抽得又重，疫情当前仍无戴口罩的习惯，一旦染病，后果堪忧，偏偏每户人家全住着一大家子，毫无居家隔离的条件。

此外，沙漠经济重度仰赖观光业，即便摩洛哥媒体夜以继日播报COVID-19的新闻，举国人心惶惶，由于对疫情的危险性懵懵懂懂，沙漠人更担忧没钱养家，只希望趁还有一点点观光客时尽量多赚些，全部都撑到锁国了、没人有工作了，这才休息。

回归寂静

没了观光客的沙漠，回归无尽静谧，我竟无法自制地感到喜悦安心！

这才是我第一次踏进沙漠，因而震慑感动的撒哈拉。瑰丽壮阔，温柔细腻，大自然的恩赐给予天地间所有生灵，不为人类独享。

我与贝桑前往老树那儿，贝桑从井里打水给树苗喝，我静静坐在沙丘上，再无车声人语，我听见了万物生长的低吟。

或许是听见人声，闻到水的味道，一头头骆驼凑了过来，想喝水，也不知这些骆驼的主人是谁，贝桑将水一桶又一桶抬到沙丘上，让骆驼喝。

是啊，这就是游牧民族的习性，见着骆驼需要喝水，就会分享，也不管那骆驼是谁的，就会照顾。

不一会儿，一个包着头巾、瘦瘦高高的男子出现，原来是骆驼的主人。他说平时就靠骆驼载客养活一家老小，一旦观光客不来，全家毫无收入，可骆驼每天依然得吃饭呀！为了节省开销，他亲自带骆驼到沙丘后方吃草，虽不知何时才会出现下一个客人，这群骆驼，他依然得继续养着。

回程，我们经过住在沙漠深处的游牧人家帐篷，贝桑说没了观光客，他们的生活格外辛苦。男丁到饭店或帐篷打零工的机会全没了，路上不见人影也就完全不可能兜售观光纪念品，女性更无法在帐篷里为观光客供茶，连最后一丁点儿支持都没有了。

我问："他们知道COVID-19吗？知道接下来很可能连一个观光客都遇不到吗？"

贝桑点头。

关于生计，贝桑同样一筹莫展，家族可是日日好几张嘴等吃饭，本想开玩笑要他进城打工，赫然想起各大城市早已封锁，先前在那儿打工的村人全都回来了呢。

我问贝桑，是否发现沙漠变安静了？

他有感而发地说："安静很好，让沙漠里的动物可以静静的，可以休息，很好。"又说："这时刚好来了一场沙尘暴，把所有污秽与病毒全都吹散了，观光客暂时止步，也好，让沙漠休息。"

"自然生态"与"人类生存"之间的两难与平衡，是身处撒哈拉观光业的我时时思考的议题。沙漠经济确实只能仰赖观光，但沙漠生态格外脆弱，过度开发与近乎残暴的旅游方式极可能让沙漠生物缓缓陨灭，悄然无息间，不知何时将跨过那一条隐形的线，对人与土地造成难以复原的伤害。

就在观光业看似前景无限灿烂的时刻，COVID-19让所有活动瞬间停顿，撒哈拉重回无人宁静，也让整个生态体系得以休养生息，忽地一场大雨，更将湖泊带回了沙漠。

没了隆隆作响的越野车与沙滩车，湖畔清幽祥和，仅几个外地人在湖畔走动，湖面波光荡漾，零星几只野鸭，或许过一阵子，连火鹤都会回来。

贝桑说："可惜观光客看不到这片美景。"

我笑了笑，说："之前观光客太多了，我总担心过度经济开发会对沙漠生态造成难以恢复的伤害，疫情让观光客整个消失，将沙漠还给悄寂无声及野生动物，沙漠生态才有机会休息呀。”

当人类经济活动毫无节制地掠夺地球资源，无止境地制造垃圾，影响全球气候，干旱及洪水轮番出现，各地温度不断创新高，极端气候频仍，人人都说，地球快毁灭了。

事实上，地球不会毁灭，但人类会。地球不需要人类，是人类需要地球。

虽不知疫情何时缓和，但人在撒哈拉，反而有一种坦然与安心。

撒哈拉有股巨大的能量，让人自然而然与当下的寂静共处，不耽溺过去，亦不忧虑未来。无论疫情在纷扰世界掀起多大波澜，无论人类生存如何饱受威胁，时间依然静静流动着，滑过沙丘。

生命是一场流动，特定个体的消亡之于其亲属，自是哀伤欲绝的；之于生命整体，却是无所得亦无所失。

鸟啭天光

沙漠地广人稀，深幽静寂中，总有“瘟疫离我们很远”的错觉。然而，沙漠经济过度仰赖国际观光业，疫情前中国游客人数持续攀升，随着疫情发展，中国游客几乎消失，欧洲各国游客依然络绎不绝，摩洛哥境内首例确诊案例就是意大利人。而一如预料，梅如卡首位确诊病患正是观光从业人员。

贝桑问我，如果观光客都不回来，我们村子是不是就“死了”？

我没有答案，只觉时局极度艰难，游牧民族因干旱而定居，在观光业找到一线生机，却又遭逢疫情打击，一筹莫展。

疫情冲击下，摩洛哥贫穷人口增加，贫富差异加剧。沙漠观光业者更可说受尽折磨，全面封城锁国期间，全村失业，待防疫限制稍稍放宽，些许观光客逐渐回流，看似露出希望曙光，忽地疫情攀升，政府无预警再度封锁边界，仅给一两天时间让境内观光客离去。相同剧目反复上演数回，重重打击观光业与消费者的旅游信心。

到了斋戒月，那更是极度宁静，所有流动降至最低，往昔的夜间祈祷全面取消，居民亦无法在开斋后相互拜访，沙尘暴不时袭来，路上几乎不见人往来，营业商家极少，众人疲惫沮丧。

四哥倒是很少回家，他的员工回家过斋戒月，留他日夜苦守帐篷营区，和几个因疫情而失业的朋友一块儿窝在营区，彼此有个照应。

我问斋戒月每天饭菜钱谁出。

贝桑说：“就每个人每天出一点儿。”

我想起他不时跟我“借一点儿”，这下全明白他的钱跑去了哪里。换成是我，也会做一样的事。

面对让所有流动近乎停滞的疫情，沙漠人静默等待，瘟疫的可怕更在于，让没染病的人慢慢没了生机，走入绝望。绝望是灵魂的盐酸，人一旦被拿走希望，宛若关掉了灯，浸泡在灵魂的盐酸里，无语。

我试着站在游牧民族的位置思考未来，的确，一筹莫展，无计可施，环境太恶劣了，无关努力与否，更不用说资源不足让他们难以接受某些训练与教育，传统、文化与宗教等整体环境养成也让他们不像台湾人“爱拼才会赢”。

另一方面，两年疫情期间的沙漠仅周末偶有摩洛哥本地游客前来，多半入住那几间豪华大饭店，豪华白帐篷偶有客人。骑骆驼比例则有下降趋势，骆驼夫失业，骆驼成群在荒野漫步、吃草。吉普车司机赋闲在家，取而代之的是对沙漠环境与脆弱生态冲击更大且收费高昂的沙滩车，堪称一枝独秀，生意兴隆。我不禁忧心疫后观光业发展是否将对环境更不友善。

给断枝长成树的机会

虽然一直知道自己选择了一个没那么富裕的地方，走上一条相对艰难的路，但两年疫情下来，越发让我感受到自己生活在何等浇薄贫瘠的环境内，活在多么低端的条件里，更清楚感知了某种形式的“贫富差距”。

当国际旅游因疫情而被迫全然暂停，有人思念过去旅游的自由，有人构想疫后旅游计划，有人困在异地回不了家，我身边则是完全不知如何养家糊口的人们。原来在地球上，面对瘟疫威胁，能够思念甚至规划下一趟旅行，竟是极大的富裕！

大疫中，沙尘暴同样又猛又狂，粉尘不断吹进屋内，让人好生苦恼，最悲伤的是二〇二〇年种的一棵长得最好的尤加利树被狂风吹断了主干，让我特别心疼。

我把被吹断的树干捡起来，上网查尤加利树的插枝方法，稍做修剪，整理成四份，种在民宿院子里。若这些断枝活了下来，长成了树，院子里就多四棵尤加利树，至于剪下的完整的带叶子的细枝，插在装水的果酱罐里，放在窗口，其余零散树叶放在树根旁，就当肥料，连一片叶子都不浪费。

如果无法改变树干被沙尘暴吹断的事实，那么就给断枝一个长成树的机会吧！面对疫情下的局势，我不是不悲伤，而是选择不给悲伤太多时间，知道自己悲伤，一点点悲伤，就够了，宁愿集中精力去做更能创造喜悦与力量的事。

尤其当我看到身边的人坐困愁城，更觉得自己没有资格悲伤太久，毕竟我拥有的资源和条件比他们多太多，我总得先站起来，走出一条活路，才能为身边的人做更多事。

如果突如其来的沙尘暴吹断了树干，我愿意给断枝长成树的机会。

不是不悲伤，而是我愿意这样做，这样想。

闭上眼，聆听周遭的声音，入耳的唯有孩子们嬉戏的笑声，担忧、困顿与生存重担仅在大人肩上。

愿未来属于孩子与笑声。

水流动里的富足

面对横扫全球的COVID-19与瞬间急冻的观光业，“天堂岛屿”好不容易稍有起色的导览明显受影响，好在我们相对经济压力小，反而更有余裕将时间与心思放在种树上。

对贝桑来说，摩洛哥锁国封城，有一口井与树苗可以忙，较不至于闲得发慌。

而当我打开水塔下的水龙头，滴滴清泉滋润大地，被清凉井水抚慰的，还有自己焦虑的心。

面对艰难时刻与不可知的未来，关注让自己满心喜悦的事，为己心所爱付出，随着因爱而来的行动，被扩大的，自是喜悦与爱，心里便也撑大了一个空间给宁静，相对清明的意识与正向力量便不会缺席。

早在凿井前，和游牧民族分享水资源就是我心中的大愿。

有水的地方才有生命，但水资源的取得对深居沙漠的游牧民族来说，并非易事。沙漠部分区域含藏地下水脉，只是当地人穷得拿不出钱凿井，水成了有能力者独享的资源，所以才会看到观光饭店经营者取用沙丘水资源，建游泳池牟利，农民与游牧民族却无水可用。

二〇一二年我与贝桑行经沙漠极为偏远之处，当地土壤浇薄，人迹罕至，一望无际中竟矗立着一座混凝土砌成的水龙头平台，一位游牧民族老妇带着水桶，前来汲水。

我好奇询问：“为什么这会有水龙头？水打哪儿来？是自

来水吗？这是当地政府建造的吗？”

当地人告诉我，五百米外有一间法国人投资的民宿，凿了井，牵了两条水管。一条水管将水导向民宿，另一条则将水引到游牧民族散居的地方，将水资源与当地居民分享，从此以后，他们再不用牵着驴子、带着水桶走上一段长路，就只为取得日常生活所需的水资源。

我低头一看，水龙头平台上写着建造日期“2011”，原来当地居民取得相对方便的水资源，也不过是前一年的事情。

看着游牧民族老妇坐在水泥台子上取水的样子，我心里一阵感动！那时便发愿将来回沙漠盖生态观光民宿时，一定也要做些能够为当地带来更多和平公允、创造富足共享的机会。

直到二〇一九年，这愿望才终于实现。

我们去老树那儿照顾树苗时，贝桑从地上的足迹分析，不时有一位游牧民族女性牵着驴子来我们井边取水，也曾赶羊群来喝水。

不一会儿，果然看见一位年迈妇人赶着驴子来喝水、取水回家。

贝桑告诉她，我们已经用马达将水抽到水塔上，她可以直接从水塔下的水龙头接水，较不费事。她很客气，依然用水桶从井里打水。

老妇就住这一带，养了几头羊，丈夫、儿子原本都在饭店打零工，帮忙打扫、牵骆驼，COVID-19一来，啥都没了。

离去前，她问贝桑：能不能让附近游牧民族都来这里取水？

她发现我们的井水较为甘甜、清澈、无杂质，没太多咸味，水质比另一口井的更好。

贝桑开心地笑着点头。

待她牵着驴子往沙丘深处走，我拿了点现金，要贝桑拿给她。这时节对弱势者来说，太艰困了。

一如世间所有资源，“水”是大自然的馈赠，囤积或独占水只是喂养内在匮乏与贪婪，永远不可能“足”，分享与流动却可滋润整体生命网络，才是真的“富”。

这样的实践与体悟，给予我很深的力量，支撑我走到现在，瘟疫来袭，更让我感受到来自这块土地的支撑、教诲与爱。

当我单纯为了爱，为了树，为了人与土地而付出，试着在不怎么容易的环境里，尽力做些我个人认为更有价值也更“善”的事，所有人类活动因疫情而暂时止息时，我在为爱而照顾土地的行动里，感受到土地以爱回馈并拥抱着我。

我想起牵着驴子、踩着沙子缓缓离去的老妇，满是风霜的脸庞因有甘甜清泉而欢欣，想象将有游牧民族快乐地来我们这儿汲取干净水源，心里一阵欢喜！

有一天，等我走了，我不会记得银行账户的数字，但那份为土地所支撑，为爱所拥抱的感受将浮上心头，而这样的感受将带我去更好更好、有光有爱的地方。

老妇取水的水泥台子上，“2011”清晰可辨

面带笑容来取水的游牧老妇

赶驴来老树旁的井汲水的游牧民族

沙漠里的一口井

后语

从我们对抗大饭店而成功护住的老树旁望去，夕阳余晖中，连绵沙丘金光闪闪，那是我的麦麦的原乡。

偶尔有人称我为“现代三毛”，我总半认真半开玩笑地说：“我回来撒哈拉不是为了演三毛，而是来演小王子的，而且我连狐狸都有准备。”

我曾经照顾一只因为小男孩的陷阱而被截肢的耳廓狐，麦麦。

麦麦的全名是“蔡金麦”。

金麦，金色的麦浪，典故来自《小王子》，是小王子如金色麦浪的头发，是耳廓狐如金色麦浪的细柔皮毛，是小王子与狐狸之间的驯养故事。

狐狸要求小王子驯养它时，说：我的生活很单调。我猎取鸡，猎人猎取我。所有的鸡都是一样的，所有的人也是一样的。于是我感到有些不耐烦。但是，假如你驯养我，我的生活将如充满了阳光般。我将认识一种脚步声，它将与其他所有的脚步声不同。其他的脚步声使我更深地躲进洞里，你的脚步声像音乐一样把我从洞里叫出来。看吧，你看见那边的麦田吗？我并不吃面包，麦子对我一样用处也没有。那些麦田并不会使我想起什么。这倒有点伤心。但是你有金色的头发。于是当你驯养了我，这将是很好的一件事！那些金色的黄小麦，将使我想起你。而我将喜欢听吹过麦田的风声……

短短两年相伴后，终究，麦麦离开了我，回到它的原乡沙丘群，从此，沙丘对我又多了一层意义，因为我的小狐狸在那里。我心里有一座金色沙丘，是爱、宁静与和平之所在，是生命网络自由流动的地方。

麦麦离开了，留下回忆与爱，当撒哈拉生活让人难以忍受，我遥望沙丘，想起了我的麦麦，爱的记忆便回来了，我便也有了安慰与力量。

每一次，回到老树旁，捡拾观光客遗留在沙丘上的垃圾，照顾树苗，便因自己能够对这块土地做出一点点回馈而喜悦不已。总觉当我照顾好沙丘生态，便是照顾了麦麦，因为麦狐一族好好地活在沙丘生命网络里。

每一次，心里有麦有爱地在撒哈拉做事，对麦麦就是一场祝福，而麦麦借着爱与祝福的力量，只会去有光有爱、更好更好的地方。

走入沙丘，想着我的麦麦、麦狐一族与整体沙丘生态体系，在我规划的撒哈拉行程中，便有着爱与对生命的尊重，因为我带客人走入的沙丘，不仅是观光景点，更是沙漠特有生灵活跃之处，一个有光有爱的地方，而我的麦麦，已然回归到光与爱之地，以狐如是的样子，自由活出麦麦的光彩。

忽地，远方沙丘开始变换颜色，玫瑰与深紫并置，我知那是天空云影落在沙丘上造成的幻化。视线往下一瞥，曾几何时，自己脚下的沙丘已转为夹杂淡淡黑点的灰黄色。

我转头，朝夕阳的方向看去，发现天空厚重云层逐渐遮住阳光，瞬间造成天地变色。

呵！一切色相无不是光与影的嬉戏哪！

肉眼究竟有无看清沙丘真正颜色的一天？

抑或，沙丘是否有“真正的颜色”？

眼见细沙随风来去，看着低矮连绵沙丘日渐形成无尽沙海，只觉每座沙丘无不是一场因缘聚散。

作为深深着迷于撒哈拉的“异乡人”，正因身为“外来者”，更明确真实感知人不过世间过客，什么都不曾真的“拥有”，无法掌控什么，却是“被给予者”，若梦想计划真能成就什么，那不过是上天的应允，而人只能在每个当下“观”自己的起心动念里头，究竟有多少爱。沙丘因应光影与风而变幻莫测，虚虚实实中，唯有爱留下。

记得当年刚回沙漠推动志业时，M便对我说：“将沙漠蜕变为绿洲，其实是为心做工，而非为土地。不是只靠你来工作，而是上天的意愿。你需学会如何照顾保护好自己的身心，祈祷、聆听，也学习交托。很多事情不是你的能力所能改变的，但活得清明和有智慧地给予与分享，是你的责任。你在那片土地工作了什么，是你的愿力驱使。前世今生皆源于愿力，然一切的愿，若非为自己回归灵性永恒做工，只是用沙筑堡，短暂徒劳。成就了什么事，向来不重要，若人心彼此有爱的启发，那就是了。这也包含你自己。”

这些年，这段话在我面对挫折、冲突、诱惑与试炼时，将我拉回心中如如不动的那个点，让我能够不忘初衷。

我不知自己走入撒哈拉，心底因而被换掉了什么，或许真如沙漠谚语所说：“神创造了水来洁净身体，而创造了沙漠好洁净灵魂。”只觉心是空的，又是满的，直往撒哈拉靠近，温柔广袤的沙漠，与残暴无情的人类历史。闭上眼，回想撒哈拉的无尽沙丘，满心尽是稳定宁静。

沙漠于我有种近乎神奇的稳定与净空的力量，只要还能坐在沙丘，看着一望无际的大地与不停变动的天空，我便宁静欣喜。沙漠有着千万种面貌，因着光影转变，时时刻刻幻化着，温柔沉静地稳住了我，从生命最底层让我好好站着。我是大地风景上的一小块，且我安然自在。

看着沙漠，听着风吹过棕榈树吟唱而出的歌，阳光细致欢愉地在树叶间照耀，只觉自身融入存在大有之中，无有恐惧，尽是欢喜尽是爱。

沙漠教会了我如何“爱人”，如何开阔看待世事所有，让我愿意学着以更宽广的格局去爱，让我无论发生什么事，都还愿意开怀大笑地面对。

望着光里的金色沙丘，我想起了《金刚经》。“若以色见我，以音声求我，是人行邪道，不能见如来。”原来世间有为法，如梦幻泡影，如露亦如电，艰困逆境如是，愉悦顺势亦然。

愿以此作为本书句点。

蔡适任

麦麦

贝桑："这棵古老柽柳之所以这么美，是因为它不是人类种植的，是野生的。"

每一座沙丘，无不是一场因缘聚散